LOCUS

LOCUS

LOCUS

catch

catch your eyes ; catch your heart ; catch your mind……

catch 05

千女遊魂

作者：朱 衣
責任編輯：韓秀玫
美術編輯：何萍萍
發行人：廖立文
出版者：大塊文化出版股份有限公司
台北市羅斯福路六段142巷20弄2-3號
讀者服務專線：080-006689
TEL：(02) 9357190 FAX：(02) 9356037
信箱：新店郵政16之28號信箱
郵撥帳號：18955675
帳戶名：大塊文化出版股份有限公司
e-mail:locus@ms12.hinet.net
行政院新聞局局版北市業字第706號

總經銷：北城圖書有限公司
地址：台北縣三重市大智路139號
TEL：(02) 9818089(代表號) FAX：(02) 9883028 9813049
排版：天翼電腦排版有限公司
製版：源耕印刷事業有限公司
初版一刷：1997年8月

定價：新台幣150元

千女遊魂

◎朱　衣著

目錄

【之一】

聶小倩

貪戀人間的胭脂，多情的女人

夜色是最好的保護色，
小倩喜歡那種感覺，
被包庇，被放任，被嬌寵。
說實在，她痛恨自己悲慘的際遇，
卻又欣喜每一天夜晚的來臨
可以讓她重新嘗試化身為人的滋味……

胭脂盒裡的那一點灩紅已經有些褪色，聶小倩仍然伸出纖纖十指，沾了一點紅暈，往略嫌蒼白的臉頰上塗去。

其實自從十八歲加入鬼界來，聶小倩早已學會了如何隨心所欲地更換形貌，像這樣，在頰上加上一點胭脂的暈紅，相較起來不過是雕蟲小技，似乎不必如此費事，但是她心中偏就不肯，她就是愛好女孩兒家的事，總是想著要用指甲花、胭脂蜜粉，說穿了，她也不過貪戀著那點人間味罷了！

「小倩！小倩！」

遠遠地傳來幽幽的呼聲，鏡中的聶小倩微微皺了皺眉，卻依然沈著地畫著眉。倏忽之間，呼喚她的聲音到了門口，一個穿著黑色長袍，臉色慘紅的老婦人推門而入。

「小倩死丫頭，還在磨蹭，時候不早啦，該去了吧！」

「是！姥姥——」

小倩故意拖長了聲音回答。

原本說話時雙眼泛紅光的姥姥，這才轉怒爲笑，輕摟著她說：

「小倩天生就是個美人胚子，如果姥姥換做男人，不把妳給吃了才怪！」

「哎呀！姥姥，瞧妳把她寵的，家裡已經三天沒糧了，妳還誇她！」

說話的是跟在姥姥身後的一位中年婦人，一襲艷紫的衣裳，拱托出一張畫片中的臉孔，看起來美艷，卻又帶了幾分不眞實。

「紫姑，妳也來了！」

「我不來怎麼辦？姥姥逼著我討糧，我哪辦得到？如果是在山裡面打打野味，我還勉強應付得來，如果要喝生人的血，那非小倩姑娘不行了！到時可得分我一點哦！」

紫姑說來輕鬆，小倩卻聽得不高興了。一身白衣的她，擱下手中的眉筆，拿起梳子把一頭長髮梳得刷刷響。

「好了！妳別在這嚼舌根了！」姥姥對紫姑說，「快去看看人來了沒？小倩也該換衣裳了。」

姥姥和紫姑相繼隱沒，聶小倩這才站起身來，走到帷幕後，換了一襲透明的彩色紗質長褸。這是她每天的生活儀式之一，她說不上是喜歡或討厭，但總之，如此非人生活並非她所願。

忽然之間，掛在格子窗畔的銀鈴響了，小倩知道這是姥姥和紫姑在向她通風報信，一個犧牲者又要出現了。

夕陽在蒼茫的天際渲染出一抹鬼譎的嫣紅，一隻孤雁啞啞叫著，四處尋找著早已消失在遠方的同伴。大街上行人漸少，一位揹著書袋，看來有些呆頭呆腦的書生走出一間酒肆，店小二跟在身後指指點點：

「您瞧，街角那邊高高的樹頭後面，不是一個廟宇的尖角嘛？那就是蘭若寺了！」

「看著了，多謝多謝！小弟初來乍到，正想找個方便之處歇腳，想必蘭若寺肯收容我吧！」

「歇腳？蘭若寺？」店小二原本伸得直直的手，一下子縮了回去。「不！不！不！這我可不管！蘭若寺，我連去都不敢去，更別提在那兒往一宿了！客倌，我看您還是省省吧！在鎮上往著安全些！」

「有何不妥？」

「聽說那裡，那裡有鬼哦……」

書呆子聽罷不禁哈哈大笑：

「我寧采臣平生不作虧心事，半夜不怕鬼敲門。小二哥，謝謝你，我這就上路了！」

寧采臣扛起書袋，轉身朝蓬蒿沒人的蘭若寺行去。此次他是爲了進京趕考，家中母老妻病，更無盤纏，怎麼可能還上房價高昂的酒肆去住宿？而且他自信一生耿介，豪爽方正，天不怕，地不怕，更不怕鬼！

出了熱鬧的小鎮，便是荒煙漫草的世界。蘭若寺忽近忽遠，寧采臣一腳高一腳低的走在杳無人煙的草徑中，一個不小心竟然連連翻滾了幾丈遠，所幸只有衣腳被碎石刮破，全身並無大礙。就在夕日即將隱沒之前，寧采臣來到了蘭若寺的正前方。

殿塔壯麗、高聳入雲的蘭若寺幾乎全爲蔓草所掩蓋，東西兩間僧舍雙扉虛掩，看來毫無人蹤。只有南邊一幢小屋，門窗井然，似有住戶。在大殿的東側是一個美麗的花園，修竹拱把，巨池中野藕已花，出杳自在。

寧采臣喜愛此處淸幽，便執意等待僧人歸來。

夜色是最好的保護色，小倩喜歡那種感覺，被包庇，被放任，被嬌寵。說實在，她痛恨自己悲慘的際遇，卻又欣喜每一天夜晚的來臨可以讓她重新嘗試化身爲人的滋味。

這些年來，她爲姥姥作牛作馬，害死了不知多少青年男子，她心中有很深的罪惡感，但同時又有更深的恐懼感在脅迫著她。當年她一個人孤零零地死在異鄉，幸而撞見了固守這片山林的姥姥樹精。姥姥讓她同住，給她吃，給她喝，她這才熬過了孤苦無依的青春歲月。如果說有什麼不滿，就是每天晚上要做的這件事了！

「小倩，妳不是常常抱怨死得太早，沒有嘗透做人的滋味嗎？」一天姥姥低聲下氣地對她說，「今天晚上我就要教妳怎麼做『人』，不過妳千萬謹記：妳是鬼，不是人，如果妳想做人，妳就會再死一次，永遠不得超生；如果妳愛上一個男人，妳就會化作青煙，連鬼也當不成了！」

小倩很明白姥姥的意思，紫姑也告訴過她以前的姐妹淘悲慘莫名的情狀，但後來她見多識廣之後，一天竟笑著對姥姥說：

「姥姥，妳別說我會愛上男人，我連想到他們的嘴臉都噁心呢！」

「好！好！好！這才是我的乖女兒！」

姥姥聽了也笑得合不攏嘴。她露出了血盆大口，幾條粗大的軟綿綿的舌頭伸了出來，口水滴滴答答淋了小倩一身。

現在，身經百戰的小倩已經準備妥當，就等著良辰吉時。還記得是三天前，她們原以爲可以飽餐一頓的，誰知遇上了一個武林惡客，天天持一柄寶劍懸掛在窗前，別說她不敢近身，連姥姥都嚇得臉色發白，所以她們才餓了三天，滴血未沾呢！

「白日放歌需縱酒，青春作伴好還鄉！……」

一陣豪邁的歌聲自林木深處傳來，想必是儈人歸來了，寧采臣不暇細辨，便匆匆前往迎接。

「在下赴京趕考，因缺少盤纏，敢問可否在貴寺掛單？」

說完他才看清楚來人亦非僧人，而是一位穿著道士打扮的普通男子。

「閣下不必客套。此間並無房主，在下也不過是暫居此地，你我二人正可為伴，一解旅途煩憂。」

寧采臣聞言大喜，趕忙稱謝後便到四野摘了些蓬蒿當床，又用幾塊木頭疊架臥桌子，充當臨時的書房。

當夜，月明高潔，清光似水，寧采臣與同住男子在殿廊促膝談心。原來此人來自北方，名為燕赤霞，雖然身著道服，言談十分儒雅，寧采臣便與他稱兄道弟起來。

「小兄弟，」燕赤霞告訴他，「你居住此地不打緊，不過半夜如聽到異響，千萬不可起來查看。本人自有應對之道，你安心睡吧！」

看燕赤霞一臉凝重的表情，寧采臣想表示自己無懼神鬼，但是看樣子這個燕赤霞也是膽小怕事之輩，寧采臣便閉口不言，兩人就此回房休憩。

寧采臣回房躺在蓬蒿床上久久不能入眠，心中胡思亂想好一陣子，卻又理不出頭緒。忽然聽到屋子的北邊有人在嘰哩呱啦的說些什麼，彷彿有一群家眷住在那兒。寧采臣忍不住好奇心，爬起來偷偷查看。果然他看到矮牆外有一個院落，一位風韻猶存的婦人，約四十歲，正在月下和一位穿著黑衣，老態龍鍾的老婦人談天。

「小倩怎麼那麼久還不來呀！」婦人有點不耐地說。

「快來了吧！」老嫗說道。

「小倩最近有沒有向姥姥抱怨什麼啊？」

「沒聽她說。」老嫗回道，「不過，看她表情不高興得很！」

「哼！這個小妮子挺不識相的！」

中年婦人的話還沒說完，一個身穿紅裳的十七、八歲的少女飄然而至。看她模樣嬌羞絕美，似乎不食人間煙火。

「背地不說人閑話。我們正好談到妳，妳就悄無聲息的來了。幸好沒說什麼壞話，不然還得了。」

老嫗笑著說，「瞧瞧妳這身段美得跟畫中人一樣，要是老身是男子，怕連魂也給妳攝去了！」

「姥姥不誇我，還有誰會誇我呀！」小女子撒嬌地說。

中年婦人又接口說了幾句，寧采臣心想這是人家後院婦人閒聊，正人君子豈可偷窺，便回到床邊，準備入睡。就在他矇矓入睡之時，忽然聽到有人走進房中，他嚇了一跳，急忙坐起身，仔細一看，竟是適才所見美艷女子小倩。

「妳：：妳來做什麼？」寧采臣說著結巴起來。

絕色女子嫣然一笑，眼波流動之間似有千言萬語，寧采臣覺得自己的心與魂已飛在半空中。

「月夜不寐，小倩願意與君同床共枕。」她說著便朝寧采臣的床前移近。看她如行雲流水，不怎麼動作便已近在臉前。寧采臣趕忙坐起身，用力將她推開，並正色說道：

「妳是個婦道人家，要小心衆人閒話。我是個君子，也一樣怕人議長論短，只要一不小心失足，便成千古恨事！豈可兒戲！」

小倩卻只貼近他臉頰，吐氣若蘭地柔聲道：

「深更半夜，沒有人會知道的呀！」

寧采臣又趕她走。但她在屋內來來回回轉了幾圈，又想靠近，寧采臣只好說：

「妳如果再不走，我就請隔鄰的燕俠士來評評理吧！」

小倩聽了此話竟然面露恐懼之色，原先的美艷此時竟成淒厲，眉目之間隱然有股冷冽之感。

她衣袂飄飄地退出室外，心中懊惱地想：

「這傢伙還眞是個書呆子！」

她還沒想完，耳際便忽遠忽近地傳來一陣陣悽厲的悲鳴：

「小倩，怎麼還不動手？姥姥等不及了！」

「啊！姥姥！」小倩心中一顫，忙回道：「我馬上再去試試。」

於是她取下衣領間的一個骨頭狀別針，輕吹一口氣，那塊骨頭便變成了黃金，小倩雙手捧著亮澄澄的金子又回到寧采臣的房中。

已經無心入睡的寧采臣這時坐在床沿，瞪大了眼睛四處觀望。

小倩輕巧地來到他身邊，將黃澄澄的金子擱在床頭說：「公子，既然您不領情，這些黃金就送給您作盤纏吧！」

寧采臣見了她已經要發怒，又看到她帶了黃金來更是火上加油，他拿起黃金朝屋外一擲，大聲喝道：

「不義之財！沾到手都髒！」

小倩怔住了，不知如何是好。她這一生當中見識過不少鐵血漢子在她的繞指柔情中化爲烏有，現在是第一次碰到這樣堅忍毅力的男人，竟使她產生了異樣的感覺。

她心中五味雜陳地飄出了屋外，恍惚之間，覺得自己的身體比以往輕盈許多，彷彿有一陣青煙吹過，然後耳中響起了一陣奇異的冷笑聲：

「哼！哼！小倩，妳今天很不識大體哦！記住，如果妳想變成人，妳會再死一次，而且永遠不得超生，如果妳愛上一個男人，哼哼，妳就會化作一陣青煙……哈哈哈……」

那是怒火中燒的姥姥，看樣子今天晚上的盛宴又要泡湯，她只好用紫姑擄來的野兎子血、山鴉血充飢。

聶小倩第一次有了漫漫長夜的煎熬感，看到了寧采臣使她體會到今是而昨非，原來她的不動心全是虛假，全是對現實生活的無言抗議，她也是有血有肉，有心有肝，有機會作人的「鬼」，她必須牢牢抓緊這次的機會，她才可以避免再死一次，她才不會化作青煙，可是，她該怎麼做才能成就此身？

第二天，一位也來應考的書生，帶了一個僕人來到蘭若寺。他自稱是蘭溪人，想在此借住幾宿。當天晚上，他住在東廂房，睡到半夜卻無端暴斃了。在他的足心有幾個小孔，彷彿是被尖銳的鐵錐刺過，還有黑色的血絲細細地流出。再過了一晚，那名僕人也死了，症狀和他的主人一模一樣。

這天晚上，寧采臣忍不住和燕赤霞討論起這件怪事，燕赤霞原本有些顧左右而言他，經不起寧采臣再三追問，便答道：

「依我看，此事非鬼即魅，閣下是讀書人，還是敬鬼神而遠之吧！」

「如果不是什麼疑難雜症，只是妖魔作怪，我倒不怕！」

寧采臣說得理直其氣，燕赤霞斜睨了他一眼，不再多說什麼。

當天深夜，絕色女子悄然又至。她柔情婉轉地對寧采臣說：

「小女子見識過的人不少，但卻沒碰過像公子這樣堅毅剛強的人。您是聖賢君子，小女子不敢有所矇蔽。我本姓聶，名小倩，十八歲夭折，就葬在蘭若寺邊。因為年幼，勢單力薄，被老妖物所威脅，強逼我引誘過夜書生，好遂她所願。我心中雖然不樂意，可也無可奈何。今兒晚上寺中無人可殺，恐怕姥姥要以恐怖夜叉模樣向你索命了！」

寧采臣雖然不信鬼神，但二名男子的暴斃也的確嚇壞了他，他連忙請教破解之道。

「公子可與燕大俠同寢一室，當可免災。」

「為什麼妳們不取燕大俠的命呢？」

「他是個奇人，我們不敢靠近他。」

「到底妳是用什麼方法把那兩個漢子迷倒的？」

「凡是被我迷倒，願意跟我同床共枕的，老妖便會用錐刺其足，趁他迷茫昏眩之際，喝乾他的鮮血，如果不被女色所欺，就拿黃金來引誘他。事實上那不是黃金，而是羅刹鬼骨。只要留了下來，半夜便能截取人心肝，一命歸天，兩種方法都是在投人所好而已。」

對聶小倩的據實以告，寧采臣大爲感謝，並問她何時該做防備？

「姥姥連日滴血未沾，前兩晚才算飽餐一頓。我預估她明晚便會吵著餓，要親自向你索命了！明天晚上便是你的最後期限了！」

小倩說著不禁掉下淚來，兩行清淚落在那張楚楚動人的臉龐上，看來分外迷人，她輕聲哭泣道：

「我誤墮苦海，脫身不得。郎君義氣干雲，必能拔生救苦。倘若您能協助小倩重安汚骨，歸葬安宅，不啻再造之恩，小倩必當銜環以報。」

「不敢，這點小事，在下還能幫得上忙。只不知妳當年葬在何處？」

「記取白楊之上，有鳥巢者即是。」

聶小倩說罷便悄然引退，她來去恍惚，只留下一室的幽香，彷彿證實著曾經有過的眞情對話。

第二天一大早，寧采臣怕燕赤霞另有計劃便早早向他訂下晚間之約。黃昏時分，燕赤霞歸來，寧采臣早已備好酒菜邀他同桌。

「寧公子今日如此客套，是否有難言之隱？」

杯酒下肚，燕赤霞終於開口了。

「實不相瞞，求燕大俠解救小人一命，今晚同房共宿，以躲避妖孽侵犯。」

「哦？那老妖又在作怪！不不不！我生性孤癖，不喜歡和別人同一寢室的。」

燕大俠仍然推拒不已。

寧采臣無奈，只好將夜間所發生的小倩警告之事告知燕赤霞，並強行將被褥取至燕赤霞房中，打算今晚住定了。燕赤霞拿他沒辦法，鄭重地警告他：

「我一向仰慕你是正人君子，否則今日之事絕難從命。其實家家有本難唸的經，在下亦有苦衷，只是無法一一詳述。今夜只求寧公子切勿翻動小弟的劍篋行李，否則怕對你我都不利！」

寧采臣恭謹受教，兩人便各自就寢。燕赤霞將箱篋放置窗前，彷彿嚴陣以待，但他剛躺下來，頭一沾枕便呼呼大睡，鼻息聲吵得寧采臣無法入眠，更別說作什麼預防陣仗了。

大約一更時分，寧采臣聽到窗外有人影幢幢，過了一會兒又靠近窗畔，兩道鋒利的光芒如熒熒鬼火，照得他全身發麻，他正怕得想把燕赤霞叫醒時，忽然一道白光自箱篋中飛出，宛如閃電般觸折石窗的一角，再用力往外一射，又迅速回歸劍篋中，四周恢復一片漆黑，只有遠方傳來悽厲的慘叫聲。

再過了一會兒，寧采臣忽然覺得整棟屋子搖晃起來，彷彿大樹要連根拔起的感覺。不久，一根根粗大濕黏黏的枝條如舌頭般悄悄伸入了室內，眼看著所有的物件都要被襲捲而去時，燕赤霞忽然起身了，他抽出寶劍朝那些舌根砍去，手起刀落，一束束巨大的綠色汁液自創口噴灑而出，淋的寧采臣一身都是濕濕黏黏，而且惡臭沖天。

燕赤霞與老樹精纏鬥了好一陣子，忽然聽到一陣刷刷聲，一下子屋內變得靜靜悄悄，什麼鬼怪也沒有了，然後遠方傳來一聲雞鳴，原來是清晨來臨了。

第二日清晨，寧采臣便朝蘭若寺北邊走去，果然見到纍纍荒墳，一株白楊樹上正有個鳥巢，便在白楊樹下挖出一具白骨。微風吹過，白骨琤然作響，彷彿夜來小倩低語。寧采臣嚇出了冷汗，匆匆包裹完畢，便準備歸家為她安葬。

臨走之前，燕赤霞設宴為他送別，並送給他一個破革囊說：

「別小看這個破革囊，這是劍袋，你好好收著，可以防妖魔侵身。昨天晚上的千年樹妖此刻已經身受重創，諒必短時期內不會作怪了，寧公子請多保重。」

「經此一事，小弟頓覺百無一用是書生，遭險境毫無可用之處，不知燕大俠肯否收容小弟為徒，從此也作個浪跡天涯的俠客？」寧采臣執意求道。

「寧公子信義剛直，當可成為一代劍俠。話雖如此，依我看公子塵緣未了，猶是富貴中人，非道中人也。還是早早歸去吧！」

寧采臣就此辭別燕赤霞，帶著聶小倩的白骨乘舟歸去。回家之後，寧采臣就在自己的書房外造了一個墳，將小倩安葬，同時唸唸有辭：

「可憐妳這孤魂野鬼無家可歸，今天就安葬在我家屋外吧！從此也好有個照應，不會再被惡鬼欺壓。一杯清水聊表心意，希望妳不嫌棄才好！」

他祝禱完畢便轉身回去，才沒走幾步路就聽到一個清脆的嗓音喊著：

「寧公子，等等我呀！」

他回頭一看，竟是聶小倩。

「公子有信有義，小倩萬死不足以報，請讓小倩追隨公子，為婢為妾皆無怨無悔！」

寧采臣無奈，攜她回房，叫她稍坐片刻，自己先去告訴母親。母親聽後驚嚇不已，提醒他人鬼殊途，不可爲偶。話還沒說完，小倩已翩然走入，伏拜於地。寧采臣說：

「這就是小倩。」

寧母驚惶，無法開口，小倩輕聲說：

「小倩孑然一身，遠離父母兄弟，承蒙公子照顧，澤被髮膚，願爲公子賤婢，以報高義。」

寧母見小倩綽約可愛，才敢開口：

「小娘子惠顧吾兒，老身欣喜莫名，但生平只此一子承續香火，不敢令娶鬼妻。」

「小倩別無所求，請以兄妹相稱，侍奉母親晨昏問省，如何？」

寧母見她心意堅決，又楚楚可人，便不忍拒辭。小倩當即下廚，爲母親打理家事，熟穩自如。到了晚間，寧母怕她鬼氣逼人，便想安她回房，不必爲自己鋪設床褥。乖巧過人的小倩知道寧母心意，便自動離開，不再打擾寧母。經過寧采臣書房時，她想進入一探，卻又退出房門，在門口徘徊不去，似乎有所懼怕。寧采臣叫她進來，她遲疑著說：

「室中劍氣畏人，小倩不敢擅入，這也是歸家途中小倩不敢現身之因。」

寧采臣明白是燕赤霞給他的革囊，便拿出去掛在別室，聶小倩才敢走入書房。兩人就著一盞燭光對坐，表情淡然，沈默了好一陣子，小倩才開口：

「公子晚上讀些什麼書？小倩年幼時唸過楞嚴經，如今已忘了大半，可否向公子借一本來唸唸，順便可求教於公子？」

寧采臣便找了一本楞嚴經給她，兩人相對默然，各自翻書。二更將盡時，小倩似乎仍不想走，寧采臣催促她，她悽然說道：

「小倩乃異域孤魂，深懼荒墓淒涼…」

「這書齋之中別無床寢，何況妳我兄妹相稱，更應避嫌。請速去！」

小倩皺著眉頭，眼眶中含著淚水遲疑地站起身來，她一步一回首地走向屋外，瞬間消失在草階之中。寧采臣心中不忍，幾次想叫她回來，但又怕被母親責怪，只好眼睜睜看她消失在黑暗之中。

從此小倩白日侍奉母親，洗衣作飯，毫不鬆懈。夜間到寧采臣書齋中就燭誦經，一直到就寢時分才慘然相別。時日已久，寧母益發覺得小倩乖巧動人，親愛如己出，竟忘其鬼，夜晚也不忍叫她離開，還留她同床共眠。起初小倩不食人間煙火，後來也稍稍能吃點稀粥，母子二人皆溺愛她，從不告訴旁人她是鬼女，鄰人也莫知所以。沒多久，寧母有意將小倩納爲媳婦，但又怕她對兒子不利。聶小倩冰雪聰明，知道寧母心意，便對她說：

「母親和小倩相處一年多來，應當明白小倩心意。小倩對公子絕無加害之心，才肯跟隨公子而來。依小倩推算，公子不出三年便能榜上有名，光宗耀祖。」

「小倩乖女兒，母親懂得妳的心意，但是采臣要如何傳宗接代呢？」寧母有些遲疑地說。

「子女乃天所賜，公子天註福籍，共有三子，絕不因鬼妻而絕之。」

寧母這才稍稍安心，與寧采臣商議過後，決定大宴賓客，召告親朋好友，正式納小倩爲婦。衆親友見小倩神止幽雅，不疑爲鬼，反疑爲仙。同時將她所繪蘭梅圖畫視爲無上珍藏。

小倩與寧采臣新婚不久，一日晚間站在窗前，悵然若失地徘徊不已。

寧采臣狐疑地問她：

「小倩，發生什麼事了，妳的臉色很難看呀！」

「我最近覺得身輕如燕，隨時可以飛起來的感覺，恐怕有壞事來臨了。當年姥姥威脅我說：如果我想變成人，就會再死一次永不得超生；如果我愛上一個男人，就會化作青煙，連鬼也做不成了。現在我不想變成人，我只是知道敬愛你，恐怕姥姥還是放不過我，要讓我隨時化作一陣青煙散去。」

她說著就滴下淚來，寧采臣忙安慰她道：「千年老妖，我們一同抵禦便是了！就算妳化作一股青煙，我也會追隨而去！」

「收藏寶劍的革囊在那裡？」

「因爲怕妳害怕，已經藏在別處了。」

「小倩接收人氣已久，應該不再怕革囊了。今晚把它拿來掛在床頭吧！」

寧采臣趕快將革囊取回，小倩緊握革囊，反復檢視說：

「此乃收人魂魄之劍仙，皦敗至此，不知已殺人何許？小倩今日見之猶覺肌骨驚悚。」

當天晚上，革囊懸在床頭，一夜無事。隔天一早，小倩又要寧采臣將革囊懸掛在屋樑上，並要寧采臣陪她守侯。

半夜時分，有一個黑影如飛鳥般倏然而至。小倩嚇得躲入帷幕之中，寧采臣強自鎮定，仔細一看，那個如夜叉般的黑影張著血盆大口，雙眼閃閃如電擊，口中還喃喃喚著：

「小倩——小倩——納命來……」

寧采臣只聽到小倩慘叫一聲，心中慌急，便想去救她，但才一轉身，只覺全身被軟綿綿的樹根纏住，一層層地包裹上身，速度之快，眼看連呼吸的空間都沒了。

而不遠處的小倩，更是披頭散髮地與黑色樹精搏鬥，又長又粗的舌根，一棒棒地敲打著她，眼看著嬌弱的小倩就要昏蹶過去。

就在這千鈞一髮的時刻，那個掛在窗口的皮囊，突然卡嗒一聲裂開，一個黑色身影出現，幻出了千隻手掌，向樹妖砍去。手掌所到處便是血肉模糊，黏濃的稠液射向四處，不一會兒，千年老妖才算鬆了口，寧采臣可以呼吸之後，趕忙跑到小倩身邊，小倩虛弱地說：

「公子，小倩差點再死一次，此恩此情……」

「噓！快別說了。我們都得多謝燕大俠留給我們的那個寶物……」

此時寶中傳來朗爽的一聲：

「千年老妖，就地正法吧！」

於是原本腥氣沖天的舌根全部退走，那個黑色夜叉也化爲一團紅火，卻被黑色的千手掌瞬即毀滅，只留下一地的煙灰。

然後寧采臣才回過神來，趕忙跪地喊道：

「多謝燕大俠相救！」

「大恩不必言謝，就此道別。」

忽然之間，原本掛在窗口的皮囊騰身而起，消失在屋外。
從此之後，寧采臣與聶小倩相敬相愛，終此一生，有若知己。

【之二】

艷麗如花，冷若冰霜，自持的女人

俠女

記不記得我曾經說過男女之事可一不可再？

因為我認為報恩之事不在床笫之間……

「夜來風雨聲，花落知多少？」

顧生在剛畫好的水墨畫題上唐人詩句，自己看看還覺滿意，明天一大早就能交差了。「打烊囉！」他站起來，自顧自地說。

隔著一層薄薄的土牆，母親聽到他的聲音便喊他：

「兒呀！完工啦？幫娘去打一瓶醋回來吧！」

顧生應了一聲，便出門去了。經過對門的鄰居時，不禁多看一眼。對門原是棟空屋，年久失修，沒什麼人住。不過最近倒搬來一對母女，深居簡出，從沒見過面。他因爲年近二十五，家貧母老，自己又只能靠些書畫維生，至今尙未娶妻，不禁對那對和自己境況相同的貧苦母女產生了好奇心。

顧生買醋回來，剛要進屋時，撞見一位十七、八歲的少女正走出母親房門，她的面容秀曼優雅，世間少有，但是她的表情卻拒人於千里之外，使得顧生不敢多言。

少女離開之後，顧生問母親：

「剛才那個美少女是誰家的姑娘?」

「就是對門的女郎，來跟我借刀尺的。她說她家也只有老母和她二人，看她也不像窮人家的女兒，問她爲什麼不結婚?她說母親老了沒人照顧，因此不想嫁人。我看明兒個我上她家探探口風，如果談得合意，兒子你的婚事就有望了。」

第二天，顧生的母親便去對門串門子去了。結果發現女郎的母親不只年長而且耳聾，家徒四壁，毫無隔夜糧。平日所需全賴女郎的女紅收入來維生。顧母好心地問母女倆願否與顧家一起搭伙，如此雙方皆可節省一筆費用。女郎的老母親似乎同意了，但女郎並不作聲，像是一種沈默的反對。顧母不好意思再多說什麼，便回家了。

在家中等待的顧生問母親到對門探聽的狀況如何?

母親嘆口氣說：

「對門的女郎大概是嫌我們家貧吧！她不苟言笑，艷若桃李卻又冷如霜雪，眞是個奇人！」

母子兩人無奈，只好就此作罷！顧生還是日復一日，靠賣字畫爲生。一天，一位美少年來到顧生家要買字畫，看他面容娟秀，絕非世俗之人，便問他來自何處？美少年只籠統地說來自鄰村。自此之後，這位美少年每隔二三天便來一趟，兩人熟稔起來，嘻怒笑罵親暱不已。有一天，美少年又和顧生膩在一起時，忽見到對門的少女走過，他痴痴看著她走入家門，便問顧生：

「剛才那個姑娘是誰家的？」

「對門的，你沒見到她走進屋嘛？」

「怎麼生得艷麗如花，神情卻冷若冰霜？」

顧生也沒有多說什麼，等美少年走後，母親叫顧生送一斗米到對門。她說：「剛才對門的少女來借米，說是家中已經好幾天沒飯吃了。這個女孩子眞是孝順，家裡窮得沒辨法了，才來開口的，我們多多少少也得幫點忙！」

顧生遵照母親的指示，揹了一斗米來到對門，向女郎表達了母親的心意。女郎收下了白米，表情卻依然冷酷，連一聲謝謝都沒說。

從此之後，女郎便常常到顧家幫忙，看到顧母在縫衣服便搶過來自己縫，室內打掃、洗衣煮飯都視如自家事。顧生如果得到什麼餽贈也都會分給她們母女，她也收之無愧，而且依然面無表情，好像理所當然的樣子，顧母的陰處生瘡，女郎也天天爲她洗創敷藥，絲毫不覺繁瑣，顧母心中有些過意不去，一天感嘆著說：

「哎！到哪去找個像妳這麼好的女孩作媳婦喲！恐怕找到的時候，我已經死了！」

她說著悲從中來，不禁哽咽起來。女郎安慰她：

「妳有那麼孝順的兒子，比我們寡母孤女強千百倍了！」

「老媽媽身上的瘡痛，就是孝子也幫不上忙呀！而且我年紀已大，那一天說走就走了。只是咱們家的香火沒人繼承，該怎麼辦才好喲！」

正說著，顧生走入房門，顧母哭泣著對他說：

「多虧娘子幫了大忙，你千萬要謹記在心。」

顧生立刻跪下來道謝，女郎窘迫地說：

「公子經常孝敬我母親，我都沒謝過你，你又何必謝我呢？」

自此顧生對她越加愛憐，只是她的言行舉止仍然保有分寸，使顧生毫無機會向她表示心意。有一天，女郎離開顧家，準備回去了。顧生在她身後痴痴地望著，不知如何是好。忽然之間，女郎轉過頭來對他嫣然一笑，顧生喜出望外，彷彿得到了鼓勵，便跟著女郎到她家。顧生試著向她求愛，女郎也不拒絕。兩人雲雨一番過後，女郎慎重的告訴顧生：

「事可一而不可再。」

顧生不置可否，心想那有那麼絕情絕義的人？沒想到第二天他又想和女郎約會，卻眞的被她嚴詞拒絕了。而且連日以來她見到顧生都不假以詞色，如果顧生用言詞挑逗她，她就冷語冰人地回敬他。顧生無奈，只好按捺下心中的愛火。有一天，女郎突然問他：

「昨天來的那個少年是誰？」

「他說他往在隔壁村子，來買畫，熟了就常常來玩。」

「這個人舉止輕佻得很，而且他調戲我已經不止一兩次了，我看他跟你走得近，看在你的面子上就算了，請你警告他，如果他敢再侵犯我，他就不要命了！」

過了一會兒，美少年果然來了，顧生把女郎的話轉告給他，並警告他：

「你最好小心點，那個女人不好惹的。」

「既然她不好惹，那你爲什麼敢碰她？」

「我——我沒有碰她。」

「如果沒有，那麼如此貼己的事爲什麼會告訴你呢？」

顧生聽了一臉漲紅，答不出話來。

美少年冷笑數聲，告訴他：

「我也託你轉告她，少在那裡假惺惺擺姿勢，她再給我難堪，就要把你們的事傳出去！」

顧生大怒，美少年則哈哈大笑著揚長而去。

又過了幾天，一個黃昏時分，女郎突然出現在顧家，對獨坐書齋的顧生笑著說：

「我與公子情緣未斷，豈非天意如此？」

顧生欣喜若狂，正想摟她入懷，忽然聽到急匆匆的脚步聲，兩個人才想坐起身，就看到那名美少年推門而入。顧生驚怒地問他來做什麼？他狂笑著說：

「我來看貞潔之人在做什麼？」然後轉頭看著女郎說：「現在妳倒不嫌別人

了？」

女郎橫眉豎眼，滿面通紅，卻一句話也不說，只急急翻翻開上衣，露出一個革囊，應手而出，便是一柄短短小小的晶瑩匕首。美少年見了大喊一聲，便朝外走。女郎追出戶外，四顧杳然，早已不見他的身影。女郎用匕首往空中一擲，咻咻作響，化出一道如長虹般的光芒。過一陣子，聽到空中傳來悽厲的喊聲，不久一個東西跌落在地上，顧生急急忙忙拿了燭火來探看，原來是一隻白狐，已經身首異處了。顧生嚇了一大跳，女郎這才告訴他：

「這就是天天跟你膩在一起的那個美男子，我是很想饒他一命，誰知道他非來尋死不可！」

女郎說著把匕首收起來，顧生想要她再回房重修舊好，女郎卻意興闌珊地說：

「被這隻狐狸精一鬧，我已經沒心情了。明天晚上我們再碰面吧！」

第二天晚上，女郎果然又來了。顧生好奇地問她，究竟學的是什麼法術？女郎不肯說，只告訴他：

「這件事你最好不要知道。如果知道了，萬一洩露出去，對你反而不利。」

顧生又向她求婚，她反問道：

「我們同床共枕，相愛相親，不已經是夫婦了嗎？何必再談什麼成親不成親呢？」

顧生再問她：

「那妳會不會嫌我窮呀？」

「你雖然窮，我又那裡富有了？就是因爲你窮，我倆今晚才能相聚呀！」

女郎說著便要走了，臨走又特別叮嚀他：

「男女之事不可視爲兒戲，該來的時候，我自然會來，不該來的時候，強迫我也沒有用。」

隔日，顧生與女郎見面，她又是一副冷若冰霜的表情，想找她說些知己話，連門都沒有。但是看她在家中打掃洗衣、生火煮飯，完全又和新婦沒什麼兩樣。顧生拿她一點辦法也沒有。

過了幾個月，女郎的母親死了，顧生盡力地幫她安葬了。女郎變成自己獨居，顧生擔心她一個人寂寞，便翻牆到她窗前叫她，半天沒有人應，走到房門口，一看原來屋中空無一人。顧生這下懷疑她可能心中另外有人，否則怎會一去不歸？到了夜裡，顧生又到她家探看，仍然沒有回來，無奈，只好在窗前留下自己的佩玉，訕訕而去。

又過了一天，女郎終於出現在他母親房中，顧生不理她，扭頭就走，她緊緊跟在身後說：

「你是不是對我起了疑心？其實每個人都有不可告人之事，現在我一時也解釋不了那麼多，總之，有件事很急著要找你商量。」

「什麼事?」顧生心中雖然還是不高興,但畢竟軟化了下來。

「我已經懷孕八個月了,眼看就快要臨盆了。但是我身份未明,可以為你生子,卻不能為你養育兒子。請你偷偷告訴母親,要她趕快去找個奶媽,就說你收養了一個兒子,千萬不要說是我生的。」

顧生答應了,告訴母親,母親笑著說:

「眞是怪人!這個女孩明媒正娶的不要,偏偏要偷偷自己生孩子!」

又過了一個多月,女郎好幾日未出現,顧母懷疑她可能生了,便到她家看看。只見一室寂然,毫無動靜,顧母在門上敲了半天,才聽到有人走路聲,只見女郎蓬頭垢面,衣衫不整地把門打開一條小縫,等顧母走入便立即關上。顧母跟著她走入臥室,便看到一個嬰兒在床上呱呱哭泣。

「媳婦呀!幾時生的,也不通知我一聲?」

「三天前生的。」

「男孩還是女孩？」顧母說著把嬰兒抱起來，看到是個男孩，而且頰豐額廣，福相十足。顧母悲喜交集地說：「孫子妳也幫我生了，這下妳孤單一個人，要怎麼辦才好？」

「我個人的恩怨未了，不方便多說，等今晚四下無人時，來把孩子抱去吧！」

顧母回到家，把孩子的事告訴了顧生，母子倆同時唉聲嘆氣，但又拿女郎無可奈何。到了夜裡便把孩子抱回家了。

過了幾天，又是夜半時分，顧生獨坐室內，女郎忽然推門而入，手提革囊開懷笑著說：

「大事已了，特別來向你辭行！」

顧生急急問她怎麼回事？她說：

「我一直念念不忘你養育母親的恩德，因此才願意爲你生子。記不記得我曾經說過男女之事可一不可再，因爲我認爲報恩之事不在床笫之間，之所以會再和你相聚一宿，實在因爲第一次沒有懷孕成功，只好再試一次。現在我的心願已了，你也有了個兒子，此生再無遺憾！」

顧生便問她革囊中裝的是什麼東西？

「仇人的頭罷了！」

女郎打開革囊，裡面一片血肉模糊，顧生驚駭不已，追問她到底怎麼回事？她這才說明：

「過去我一直不肯跟你說，是因爲怕事機洩露，現在既然大功告成，我也不妨告訴你。我的父親曾經官拜司馬，被仇家陷害，一族抄斬，我一個人改裝易容，背著母親偷偷逃奔到此，隱姓埋名三年多了。先前無法報仇是因爲老母還在，後來又因爲腹中一塊肉拖累，所以遲遲不能行動。以前我經常夜晚不在家中，就是去探仇家的路徑，人生地不熟，怕找錯路，所以多花了點時間。」她匆匆說到這裡，便急著要走，臨走又提醒顧生：「請你好好照顧孩子。公子福薄無壽，兒子卻能光宗耀祖。夜太深，就不打擾母親，我走了！」

顧生心中悽然，正想問她此去何方？只見她迅如閃電，消逝在夜空之中，第二天，顧生告訴母親夜來之事，母子倆人驚嘆不已！

過了三年，顧生果然早死，孩子十八歲便中了進士，侍奉祖母終老，卻始終未見過他那俠女般的母親。

【之三】

紅玉

知所進退，趨吉避凶，福氣的女人

忽然間東邊的牆上冒出了一個人影，
仔細一看竟是個絕色美女，馮相如向她招招手，
她嫣然一笑，不來也不去。
馮相如問她叫什麼名字。
她只回答：「我是鄰家女，叫紅玉。」……

一個夜涼似水的夜晚，書生馮相如坐在庭院中，就著月光汲水舂米。他家中貧困，父親年近六十，一生只知讀書，不事生產；母親和妻子相繼早死，只剩下他們父子兩人相依爲命，因此家中瑣事多由他負責。

當馮相如正感覺有點無聊時，忽然間東邊的牆上冒出了一個人影，仔細一看竟是個絕色美女，馮相如向她招招手，她嫣然一笑，不來也不去。馮相如又要她過來，說了幾次，她才攀梯而下。馮相如問她叫什麼名字。她只回答：

「我是鄰家女，叫紅玉。」

馮相如見紅玉乖巧可愛，便約她每晚來相伴，她也答應了。從此夜夜往來，如此過了半年多。

一天夜裡，馮相如的父親起身，聽到兒子房中有喧嘩笑語，偷偷隔窗一看，竟見到紅玉和兒子狀甚親暱，不禁大怒，把兒子叫出來大罵：

「你這畜生在做什麼？如此落寞還不知道刻苦，竟敢學敗家子玩女人？要是人家知道了，你就名譽掃地了！就算人家不知道，你也折壽喲！」

馮相如跪地求饒，哭泣著表示悔意。

馮父又轉頭罵紅玉：

「女孩子不守閨戒，自己破戒不算，還害到別人家的子孫。事情破露出來，恐怕不只是寒舍遭殃哦！」

馮父罵完之後，憤而回房。紅玉哭著對馮相如說：

「既然被父親責怪，我倆緣份已盡，就此別矣！」

馮相如欲挽留她：

「這事還得由父親大人作主。如果妳眞有心，我向他說明，他也能接受的。」

紅玉卻堅持要走，馮相如心痛，淚如雨下，紅玉只好勸他說：

「我和公子無媒妁之言，父母之命，如何能白首偕老？這附近有一位大家閨秀，你可以娶她爲妻。」

馮相如告訴她家貧無力娶妻一事。紅玉想了想說：

「明天晚上你等我，我會替你想辦法。」

第二天夜裡，紅玉果然來了，拿出白金四十兩給馮相如說：

「六十里外，吳村有一家姓衛的女孩，已經十八歲了，因為父親要的聘金太高，所以至今尚未出嫁。你只要出示高價，她父親一定會答應的。」

紅玉說完便告辭了。馮相如便找了個機會和父親談到相親的事，却沒提到四十兩白金的事。馮父自認家貧，無力再為兒子娶妻，兒子表示試試看而已，不中就算了，馮父便勉強同意了。

馮相如便借了一匹馬騎到吳村去拜訪衛家。衛家原來只是個平常的農家，馮相如請衛父出來談話。衛父一看便知馮相如是個讀書人，家世不凡，儀表又出衆，心裡已經同意了一大半，只是擔心他可能拿不出聘金來。馮相如看他言語之間支支吾吾彷彿難以啓齒，便早已會意，將四十兩白金拿出放在桌上，衛父大喜，立刻請鄰人作媒，雙方定下婚約。馮相如又到屋內拜見衞母，只見室內狹隘，毫無陳設可言。衞家女兒羞人答答地緊依著母親，雖然穿著粗布衣，可是一瞥之間，馮相如倒也看出她神情光艷，心中不禁竊喜。衞家借用鄰居的地方款待馮相如，同時告訴他：

「公子無須親迎，只等多作幾件衣裳，就讓轎子給送去囉！」

馮相如與丈人定好送親的日子。便歸家告訴父親說：

「衞家欣賞我們是讀書世家，沒跟我要錢。」

馮父聽了也高興，於是到了約定日子，衞家果然將女兒送來了。

衞家的女兒非常勤儉又聽話，夫妻之間相處甚歡，過了二年，生了一個男孩，取名福兒。那年的清明節，衞女便抱著兒子上山掃墓去了，沒想到在途中遇到了當地的仕紳宋氏。宋氏當過御史，但品行不良，收受賄款，因此被免官，回到鄉里，依然習性不改，作惡鄉里。這天剛好他也去掃墓，歸途中見到衞家女，十分驚艷，便向村人打聽，知道是馮相如的妻子，心想馮家雖然是書香世家，但其實一貧如洗，只要花點小錢，一定能買動她。於是宋氏派了一個家人到馮家示意。

馮相如聽了宋家的提議，心中大怒，但又自知不敵，便轉怒爲笑，表示要向老父請示。他告訴父親後，馮父大怒，衝出家門對著宋氏的家人指天畫地，詬罵萬端，宋家的人只好抱頭鼠竄。

宋氏聽到家人回報，不禁火冒三丈，就派了好幾個打手到馮家挑釁，馮氏父子都被打傷。衞家女聽到外面呼聲沸騰，便把兒子丟在床上，四處求救，結果被宋家的人一把抱起，鬨然而去。

馮家只剩父子兩人傷殘在地，嬰兒呱呱啼在室中，鄰人可憐他們，過來幫忙把父子扶到床上，照顧嬰兒。過了幾天，馮相如才能起身，勉強扶著手杖走路。馮父卻憤而絕食，過了一陣子嘔血而死。馮相如大哭一場，決定抱著兒子告官，一直告到督撫，出了好幾次庭，但都被擋駕，冤不能伸。後來聽說妻子在宋家因爲不肯屈從而被打死，馮相如內心更加煎熬，時時想著要在半途暗殺宋氏，但又害怕他僕從衆多，自己還有幼子，因此日夜哀思，不得安息。

忽然有一天，馮家來了一名自稱是來弔喪的勇士，一臉又長又亂的鬍鬚，方頭闊耳，看起來很陌生的樣子。馮相如正想問他從何處來？他突然開口道：

「君有殺父之仇，奪妻之恨，難道已經忘了嗎？」

馮相如以爲他是宋家派來的偵探，便不肯多說，只虛僞的應了一聲。勇士突然怒髮衝冠，轉身就走。他說：

「我當你是個人，現在才知道你是個畜生！」

馮相如這才感覺到這人並非兒戲，便跪下來求救：

「我實在很怕宋家人來整我，才不敢輕易對人言語。勇士既然是有心人，便不妨直話直說。在下臥薪嘗膽已久，但可憐懷中的孩子無人能照顧，如果義士肯幫忙照顧，大恩大德沒齒難忘！」

那名勇士搖搖頭說：

「照顧孩子是婦道人家的事，不是我會幹的事。你託我做的事你自己做吧！你要去做的事就由我來擔當了！」

馮相如聽罷知道他的用意，不禁拚命跪在地上叩謝。勇士不理他，自顧自地走了，馮相如在後面追問他的姓氏，他只瀟灑地回道：

「如果不成功，你也別怨我。如果成功，你也別謝我！」

馮相如知道大禍將至，便立刻抱著兒子逃亡。到了夜裡，宋家一門都在睡覺時，有人翻越重垣而入，殺死御史父子三人及一婢一媳。宋家告到官府，堅稱是馮相如所爲。官府追捕馮相如，但他早已逃亡，不知所終，於是案情似乎更確定了。

宋家的人和官府聯合搜查，夜裡查到南山上，聽到有嬰兒在啼哭，便循聲而至，果然看到馮相如背著兒子在爬山路。衆人一湧而上，先把他兒子抓過來拋棄在山溝裡，再把他抓回官府。縣令拷問他：

「爲何殺人？」

「冤枉呀！宋氏是晚上被殺死的，我一大早便離開了，而且抱著呱呱啼叫的嬰兒，怎麼可能越牆殺人？」

「你沒殺人，爲什麼要逃跑？」

馮相如生性老實，立刻答不出話來。縣令便下令將他關在牢中。他哭泣著說：

「我死不足惜，爲何殺我兒？請問孤兒何罪？」

「你殺的人不只一個！殺一個你兒子，有什麼好抱怨的？」

當夜馮相如在牢中遭受酷刑，慘號聲不絕於耳。縣令則回到自己家中，準備入睡。夜裡忽然聽到床邊一聲巨響，彷彿有一件巨物擊中床鋪，呼呼作響。縣令嚇得大叫起來，家人忙起身查看，燭光下只見一柄銳利如霜的短刀剁入木牀之中，牢不可拔。縣令嚇出一身冷汗，四處搜查也不見人踪，心中便已知曉大半，繼而心想，反正宋家父子已死，何必害怕？還是先保住自己小命要緊。於是縣令向上級報告宋氏案情，並代馮相如解釋冤曲，馮相如因而得以歸家。

馮相如回到家中後，只見家徒四壁，連生火煮飯的米都沒有。幸好鄰人同情他，送來了些食物，讓他勉強度日。他一個人孤影對四壁，想起大仇已報，便不知不覺嘿嘿笑起；想到慘遭滅門之禍，又不禁悲從中來，大哭不已；更想到半生貧苦，如今兒子又已不知所終，更是悲不能已。

如此瘋瘋癲癲過了半年多，縣府的追捕令也鬆懈了，便令宋家將衛氏的屍骨歸還馮相如。馮相如安葬好妻子，回家之後只覺輾轉空床，竟無生路。忽然聽到有人在門外輕敲，馮相如豎耳傾聽，只聽見一個女人抱了個牙牙學語的孩子在外面敲門。馮相如急急起身，才打開，那女子便說：

「大冤昭雪，可幸無恙。」

聲音親切而熟悉，但倉促之間不能追憶。馮相如舉起火燭一看，原來是紅玉，膝間一個小男孩嬉笑不已。馮相如一句話也說不出來，抱著紅玉便大哭起來，紅玉也潸然淚下，不能自已。

過了一會兒，紅玉把兒子推向前說：

「你不是要來看爸爸嗎？怎麼忘了？」

小男孩緊緊抓著紅玉的衣服，目光灼灼地瞪著馮相如。馮相如仔細看看他，竟然是福兒，不禁大駭，哭泣著問紅玉：

「福兒從那裡來的？」

「坦白告訴你吧！以前我說我是鄰家女，其實是騙你的。我其實是隻狐狸，一天晚上在山谷中見到福兒在山溝裡哭泣，就把他抱回去養。現在聽說你大難已過，再抱來和你團聚呀！」

馮相如哭泣著向她拜謝。福兒却緊緊依偎著紅玉，彷彿已經認不得父親了。第二天早上，天色未明，紅玉立即起身，馮相如驚疑地問她做什麼？她說：

「我要走了！」

馮相如裸身哭倒在床頭。紅玉不禁笑了起來：

「我是騙你的啦！現在家道新創，不早起晚睡，多多操勞怎麼行？」

紅玉起身之後，除草掃地，整理全家，和男人一樣操作不已。馮相如擔憂自己手無縛雞之力，恐怕無法供養家人。紅玉安慰他：

「你只要負責好好讀書，不用擔心家務事，反正絕不會把你餓死就對了！」

紅玉拿出白金來買了織布機，又租田數十畝，僱傭耕作。自己除草種地，牽蘿補屋，日以爲常。鄰居們看她賢慧，也都願意來幫忙。約半年過後，馮家人煙茂盛，有如大富人家。

一天，馮相如憂心忡忡地對紅玉說：

「感謝妳的再造之恩，讓馮家於灰燼之中浴火重生。只是現在還有一件事尚未辦妥，不知道如何是好？」

「到底是什麼事？說來聽聽。」

「進京趕考的日期已近，但我還沒有去申請怎麼辦？」

「不必擔心，我早已經寄錢給主考官，他已經同意你參加考試了。如果等你來說才辦，那還來得及呀？」

從此馮相如明白無論是大事還是小事，都得聽著紅玉才是。三十六歲那年他果然中了舉人。如今他的家，有良田連阡，屋宇數十棟，妻子娉婷嬝娜如隨風可逝，但操作起家務又壯如男子。即使是嚴冬時節，雙手依然滑膩如脂，她自己常常告訴別人：

「我已經三十八歲。」

但是每個人看她都像是二十幾歲的人。馮相如從來搞不懂自己的妻子是幾歲

【之四】

阿纖

不念舊惡，無怨無悔，寬厚的女人

一天，阿纖對三郎說：

「我嫁入你家幾年，從沒有做過有失婦德的事，

現在全家上上下下不把我當人看，

請你賜下離婚書，另擇良偶去吧……」

沙沙急雨漫山遍野而至，蒼茫的山路在急雨中顯得更迷濛了。奚山只顧著埋頭趕路，想早一點到達平時投宿的小棧。

將近入夜時分，奚山終於抵達了客棧之前。他用力敲了敲門，卻無人應聲，他左徘徊右回首，想不出個辦法來。正在走投無路之際，忽然旁邊有二扇門打開來，一個老頭子走出來要請他進門。

奚山高高興興地跟著老頭子走進了屋子，卻發現室內空無一物，完全不像他平時商旅途中所借住的小旅店。老頭子看出他的疑惑便說：

「不瞞你說，我家其實不是開客棧的，只是看客倌淋著大雨，找不著住處，實在不忍心才開門請您進來。我家裡人口少，只有老夫妻兩個加上一個女兒，她們都睡著了。廚房裡還有些剩飯剩菜，您不嫌棄將就著吃點吧！」

老頭子說著走進房間內，過了一會兒便端了一個矮床來請奚山坐，等一會兒又進去搬了一張茶几出來，如此來來去去，弄得奚山好不爲難，就請他暫時休息，不必再張羅了。

不久，一位女郎捧著酒飯出來了。老頭子看看她說：

「哦！我家阿纖醒了！」

奚山便仔細看看她，年紀大約十六、七，窈窕秀弱，風致嫣然。奚山剛好有個弟弟尚未成親，心中便有了打算。他向老頭問起家世背景，老頭答道：

「我叫古士虎，子孫都夭折了，只剩下這個小女兒，剛才本來不想打擾她睡眠，大概被她媽媽叫起來吧！」

「十六、七歲，年紀也差不多了，訂了親沒有啊？」

「八字還沒一撇呢！」

奚山聽了心中暗喜。接著他吃了似乎特別爲他烹調的美食，便恭恭謹謹地對老頭子說道：

「萍水相逢，蒙您熱忱款待，大恩大德沒齒難忘。在下在此想提出不情之請，還請見諒。家中有小弟名叫三郎，已經十七歲了，讀書做事也都還算聽話，我想跟您攀個親，不知您會不會嫌我家寒賤呢？」

老頭子却笑嘻嘻地說：

「我一家在此地也只是暫時定居而已，如果親事談得成，我們全家往你那兒搬，大家住得近也好有個照應。」

奚山答應了，彼此便互相答謝一番。老頭子爲他安排好床鋪便走了。第二天早晨，雞啼時分，老頭子便出現了，他催著奚山洗臉換裝好上路。奚山臨別時要付他飯錢，他堅持不收，並說：

「不過吃餐飯，萬萬沒有收錢的道理。更何況我們又快成爲親家了不是嗎？」

奚山告辭之後，又在別處做生意，大約一個多月後才返家。在靠近家門的一里路上，奚山看到一對母女衣冠盡素，走在不遠之處。奚山走近一點看看，覺得很像阿纖。女郎也頻頻回頭，並附耳向母親說了些什麼。老婦人便停下腳步，問奚山說：

「請問您是奚公子嗎？」

奚山點點頭。

老婦人一臉悲戚地說：

「我家老頭被斷牆壓死了，現在我們就是要去上墳的。家裡現在什麼人也沒有，奚公子能否等我們一下，我們馬上就回來？」

奚山便在路邊等待。母女兩人走入林中，不一會兒便又出現。三人一同走回村裡，沿途老婦人談到一家孤苦伶仃不覺哭哭啼啼，奚山也感到心酸不已。老婦人告訴奚山說：

「這裡人情淡薄，孤兒寡母難以度日，阿纖既然已和令弟訂親，與其拖延時日，不如趁早完婚如何？」

奚山答應了。於是他們一同來到老婦人的家，老婦點燈迎客，同時對奚山說：

「我猜想你快回來了，就把家裡的存糧先賣掉了。現在還剩下二十餘石，因爲路太遠運不過了。從這裡北去四、五里，村中的第一家，有一個叫談二泉的，就是我的買主。希望你不嫌麻煩，幫我先運一袋粟米過去，敲門告訴他，南村的古奶奶需要錢用要賣米了，請他一併幫忙處理。」

奚山便扛了一袋粟米騎馬前往北村。到了第一家，敲敲門，一個大腹便便的男子走出來，奚山告訴他古奶奶的話，就先回去。過了一陣子，兩個男子牽了五匹騾子來了，古老奶奶就要奚山到窖中去量米，她和阿纖在上頭裝米，一共往返了四次，粟米才算量完。兩名男子把錢交給古奶奶，一隊人馬先走，剩下一個人和兩匹騾載古奶奶一行往東邊走，走了二十里路，天快亮時，看到有早市了，奚山租了一輛馬車回去，談二泉的僕人這才和他們分手。

奚山返家之後，把古奶奶和阿纖的事告訴了父母。父母見到古家母女二人也十分歡喜，便空出一個房間給老奶奶住，同時選定了一個吉日爲三郎完婚。

古奶奶為女兒準備的嫁粧十分隆重，阿纖又沈默寡言，絕少生氣，就算說話也是笑瞇瞇的，平時又日夜織布很少休息，因此全家上上下下都喜歡她。

阿纖嫁入奚家三四年，奚家財富日豐，三郎對她更疼愛有加。只有一次她叮囑三郎說：「請告訴大伯，這回他再到西邊做生意，別跟別人提起我們母子的事。」

結果奚山到了舊日寄宿的客棧，當晚無事，竟聊起上回找不到住處，結果被古家收留的往事，主人奇怪地說：

「你會不會搞錯了？東鄰是阿伯別第，三年前只要留宿在那裡的人都碰到一些奇奇怪怪的事，所以荒廢下來一直到今天，那裡會有什麼古老頭子留人的事？」

奚山心頭十分訝異，但口中卻沒有繼續把故事說完。只聽得主人又說：

「這棟大宅空了十年都沒有人敢住，直到有一天後院的牆倒了，阿伯去看了看，見到石牆壓住一隻大如野貓的老鼠，尾巴還在那兒搖搖擺擺呢！他趕忙叫大夥兒一塊去抓老鼠，等大夥到了卻什麼也沒見著，因此大家懷疑那是隻老鼠精。後來又過了十幾天，有人進去看看，什麼動靜都沒有。再過了一年多，才有人敢進去住。」

奚山更覺得詭異，回家之後便和家人私下討論，懷疑阿纖是個老鼠精，深怕三郎會受害。雖然全家人對她都指指點點，但三郎仍深愛她不疑。

一天夜裡，阿纖對三郎說：

「我嫁入你家幾年來，從沒有做過有失婦德的事，現在全家上上下下不把我當人看，請你賜下離婚書，另擇良偶去吧！」

她說著泣不成聲。三郎卻勸慰她：

「妳的一片苦心有誰會不明白?自妳入門之後，家道日興，大家都很清楚，誰會怪妳呀?」

「我明白你對我的心意，但眾口鑠金，恐怕遲早會被他們逐出家門的。」

三郎對她百般勸慰，才算稍稍舒緩。

奚山對此事却始終耿耿於懷，有一天他找來一隻會捕鼠的貓放在阿纖身邊，偷偷觀察她的表情。阿纖雖然沒有害怕的樣子，可是皺著眉頭，終究不太高興。一個黃昏，阿纖告訴三郎說母親身體不舒服，今晚要過去陪她。第二天天亮，三郎起身去探望丈母娘，結果却撲了一個空，阿纖和古奶奶都不見了。

三郎心中非常焦急，派了人四處追查，全都毫無音訊。奚山和父親却十分高興，認爲這下老鼠精走了，三郎該可以高枕無憂了。誰知三郎對阿纖茶不思飯不想，就算父兄逼他以重金買妾，他心中仍然思念阿纖不減。

又過了幾年，奚家漸漸貧窮起來，大家又都開始想念起孜孜不倦，努力工作的阿纖。

有一天，三郎的叔弟奚嵐有事到外縣去，借住在表兄弟陸生的家中。夜裡聽到隔鄰一直在哀哭，但沒有時間問主人是怎麼回事。等第二天晚上回去，又聽到哭聲，便向主人探問。主人告訴他：

「幾年前有一對寡母孤女在這裡租屋，幾個月前，母親死了，女兒一個人無依無靠，每天都哭個不停。」

奚嵐問他這對寡母孤女姓什麼？主人說：

「姓古，平時很少和人來往，也沒有人知道他們的背景。」

奚嵐驚訝地說：

「是我嫂嫂呀！」

奚嵐便到隔鄰敲門，有人哭著隔門應道：

「客人是誰啊？我家裡沒有男子進出的。」

奚嵐透著門縫看，果然是阿纖，因此叫道：

「嫂嫂請開門，我是叔弟阿遂呀！」

阿織聽了才把門打開，請他進門，並向他訴苦。奚嵐同情地說：

「三兄思念三嫂也吃了很多苦，夫妻就算吵吵嘴鬧個脾氣，妳又何必跑到這麼大老遠的地方來？」

奚嵐建議她立刻和他一起乘車返鄉。阿織卻慘然地拒絕他：

「別人不把我當人看，我才和母親離家出走。現在無緣無故又回去，人家不給我白眼看才怪。如要我回，一個條件就是要與大哥分家，不然我就吃藥死了算數！」

奚嵐回去之後，將阿織的情形告訴了三郎。三郎連夜趕到阿織住處，夫婦相見，各有傷心。第二天，三郎告知屋主要退租。誰知屋主謝監生早已覬覦阿織多時。古奶奶生前就拒絕過他的提親，他正想古奶奶死後可以得逞，誰知半途殺出個三郎來。於是他故意把租金提得很高，以刁難他。

三郎家中自阿織走後日益衰弱，手邊並無現金，聽到如此高的金額不禁面有難色。阿纖要他不必驚慌，只帶他到倉儲去看，約有粟米三十餘石，償還租金綽綽有餘。

三郎歡喜地告訴謝監生，要以米償租金，謝堅決不接受，硬是要現金。阿纖嘆息著說：

「這都是妾身的惡障啊！」

她將謝監生的私情告訴三郎，三郎一怒之下就要告官。陸家親戚阻止了他，幫忙他在鄉里之間賣掉了粟米，籌得租金以償債。

三郎回鄉之後，將實情告知父母，便與大哥分家了。阿纖又自己拿錢出來建倉庫，可是家中連一粒米都沒有，人人都奇怪她爲什麼這麼做。過了一年，阿纖的倉庫又裝滿了粟米，再過幾年，三郎又變成了大富人家。而奚山仍然一貧如洗。阿纖便把公婆接來家中住，只是常常拿百金、粟米周濟奚山。

三郎笑她說：

「妳可眞是不念舊惡呀！」

阿織只回道：

「他也只是愛護弟弟而已。如果沒有他，我們倆怎麼能相見呀？」

這就是阿織！無怨無悔，讓三郎終生沈醉！

【之五】

葛巾

只追求不摻雜質的真情，堅持的女人

大約是第三日的半夜時分，

老婦人忽然推門而入，很不友善地說：

「我家葛巾姑娘親手煮的毒鴆湯，你快喝了吧！」

常大用便把瓶子接過來，一飲而盡……

一瓣瓣炫紫嫣紅的牡丹在競相傳遞著誘人的訊息，常大用陶醉在這片迷人的花海中，口中還不時喃喃唸著：

「牡丹花下死，作鬼也風流。」

說起這位牡丹花痴，其實原本是洛陽人，因爲仰慕山東曹州的牡丹艷冠天下，便由河南來到山東，打算親眼一見當地牡丹絕色。他到曹州時正好是二月，牡丹還未開花，便借住在一位大戶人家的院宅之中，每日就在牡丹園中徘徊，雖然還未看到牡丹花開，但詠牡丹詩已經作了百首。春日漸暖，眼看牡丹已經含苞了，就快開花，但是他的纏盤也要用完了，只好拿行李去典當，換了錢好繼續在牡丹園中流連忘返。

這一天才凌晨時分，常大用就已經來到牡丹園中了。忽然他看到一位女郎和一位老婦人也在園中徘徊，他心想這應該是屋主的家眷吧！還是不要打擾她們好了。於是他匆匆退回屋中。到了黃昏時分，他才又再出現在牡丹園中，誰知又遇見了那二名女子。她們見著他便從容的離開了，但常大用已看到那年輕女子的宮妝艷絕，心中不免有些眩迷，轉念一想：

「這一定是仙女，世上那有如此絕色美女？」

於是他急急轉過身，想看看那二名女子的去處。等他繞過一座假山，剛好碰到了老婦人，那名女郎則坐在不遠的石頭上。彼此忽然間照了面倒都嚇了一跳，老婦人以身體護住女郎，罵道：

「狂生何爲？」

常大用立刻跪下來說：

「娘子必是神仙。」

老婦人咄咄逼人地說：

「如此妄言，待會兒就要縣令把你給抓去！」

常大用聽了就有點害怕。女郎卻微笑著說：

「走吧！」

兩人便過山而去。

常大用嚇得雙腿發軟，幾乎走不回房了。他猜想女郎回去如果告訴了父兄，災禍一定會跟著來，躺在床上左思右想，深深懊悔自己的孟浪行爲。幸好女郎的表情看起來還沒有太生氣的樣子，或許還有希望吧！如此折騰了大半夜，等到清晨時尚未有人來找麻煩，他才算稍微安下心來。然而轉念想起絕色女子的音容笑貌又令他輾轉難以成眠。如此這般的三天過後，常大用已憔悴欲死，躺在床上不知如何是好。

大約是第三日的半夜時分，僕人已經熟睡了，老婦人忽然推門而入，手中拿了一個瓶子，很不友善地對他說：

「我家的葛巾姑娘親手煮的毒鴆湯，你快喝了吧！」

常大用聽到是毒藥，心中起先很怕，之後想想又說：

「我與妳家姑娘無怨無仇，何需賜死？既然是姑娘親手所調，與其相思而病不如仰藥而死。」

常大用把瓶子接過來，一飲而盡。老婦人取回瓶子笑著離開了。常大用只覺藥氣香冷，似乎不是毒藥，過了一會兒，覺得心肺寬舒，頭顱清爽，便酣然睡去。這一覺醒來已是紅日滿窗，常大用站起身來試走幾步，覺得身體已全好了，心中更相信那個女郎是個神仙了。既然是神仙女子，無緣得見，常大用只好趁無人時分朝她曾經站過坐過的地方虔拜默禱一番。

一天，常大用又在牡丹園中賞花，走到一片幽深的樹叢中，忽然女郎迎面而來，而且左右並無他人，常大用心中狂喜。女郎貼身而至，常大用嗅到一股清雅幽香，他輕輕握住女郎的手，指膚柔軟，使人骨節欲酥。常大用正想和她說話，老婦人忽然匆匆走來，女郎便拉著常大用躲在石頭後面，她指指南邊說：

「你晚上用花梯過牆，有一戶四面紅窗的便是我住處。」

女郎說完匆匆離去，常大用已魂飛魄散，竟不知她去向何處。當天夜裡，常大用便把花梯搬到南牆邊，爬上牆頭一看，另一邊已有梯子了。他高高興興地爬下牆，果然看到紅窗。他在窗邊等了等，聽到兩人在下棋聲，就不敢向前，偷偷爬回牆邊等待。過了一會兒，他又爬下牆來，這回叮叮噹噹的下棋聲更響了，他猶豫了一下，便走近一點偷窺。他看到絕色女子與一位素衣美人相對而坐，老婦人也在一邊，一個婢女侍候在旁邊，他只好摸摸鼻子又回頭了。

如此這般的往返三次之後，已經是三更時分，常大用伏在梯子上，聽到老婦人走出房門說：

「誰把梯子放在這兒的？」

她就叫婢女把梯子搬走了。常大用登上了牆頭，對面卻沒有梯子可以下了，他只好含恨還家。

第二天晚上，常大用又爬上了梯子，這回對面的梯子又放回了原處，而且室內寂靜無聲，常大用便悄悄爬下牆頭，進入女郎的房間。女郎兀自呆坐，若有所思。見到他嚇了一跳，含羞斜立一旁。常大用向她作揖道：

「我還以爲自己福薄，無緣再見到神仙姐姐，誰知今日竟有此幸……」

他的話還未說完，就聽到有人喧嘩而至。女郎急急說：

「玉版妹子來了，你先躲在床下吧！」

常大用只好往床下一躲。不一會兒，一名女子笑著進屋內，說：

「敗軍之將可再戰否？我已經泡好茶，請妳來個挑燈夜戰。」

女郎表示自己有些睏倦，玉版堅持一定要她去，兩人拉扯半天，玉版便說了：

「如此戀戀不捨，是不是藏了個男人在屋裡啊？」

女郎無辭以對，只好被玉版強拉出門外。

常大用用膝行而出，心中懊惱，就到床上四處翻找，想找一件女郎的物品作紀念。結果翻了半天，並沒找著什麼香奩之類的東西，只有牀頭擺了個水晶如意，上面紮了條紫巾，芳潔可愛，就放在懷中攀牆而回。

常大用回房之後，自己聞聞衣襟，全身都還凝聚著女郎的體香，不由得更加思慕。但又想到躲在床下之事，深恐爲她家人發現而遭懲罰，便不敢再往她家去。只是抱著水晶，心中期望著她能前來要回水晶。

第二天晚上，女郎果然來了，笑著對他說：

「我還以爲你是正人君子呢！沒想到原來是個小偷！」

「平常我都是正人君子，只有偶而相思成災時，才做做小偷。我一直把妳當神仙姐姐，深怕自己沒有福氣和妳再相見。就怕我們緣訂三生，終難敵分別之苦。」

女郎笑著說道：

「公子未免想得太多，小女子不過離魂之倩女，偶爲情動而已。這件事最好三緘其口，怕風聲走露傳出去，被人揑造是非，君不能生翼，妾不能乘風，則禍離更慘於好別了。」

常大用表示明白了，但心中總有些疑惑，便要問她姓名。女郎說：

「既然你當我是神仙，神仙何必要有名有姓？」

他又問老婦人是誰？女郎說：

「她叫桑姥姥，小時候她經常照顧我，因此一直視她爲長輩。」

女郎說著就要起身離去，她叮嚀常大用說：

「我那兒耳目太多，不好說話。等我有空我自會來找你。」然後她又向常大用要水晶如意，「這水晶如意不是我的東西，是玉版忘了放那兒的。」

「玉版是誰？」

「我堂妹呀。」

女郎去後，常大用仍然感覺到異香滿室。自此之後，每隔兩三夜，兩人便相聚一次。常大用神魂顚倒，不復思歸，但手邊的旅費早已花完，行李也典當完畢，只剩下一匹馬還能賣，他就想把馬賣了。女郎知道後對他說：

「公子為了我典當一空，我已覺於心不忍，如果又賣掉馬匹，千餘里路如何歸去？我還有些儲蓄，可以幫助你暫時度日。」

常大用拒絕著說：

「妳對我的大恩大德一輩子已償還不了，如果我還貪戀妳的錢財，那還能算得上個男子漢嗎？」

女郎卻強迫他說：

「反正先借你用就對了。」

於是她抓住常大用的手臂，帶他來到一棵桑樹下，指著一塊石頭說：

「你把這塊石頭轉一轉。」

常大用便用力轉了轉石頭。女郎由頭上拔下一根簪刺了十幾下土，再叫常大用撥一撥土。沒多久，出現了一個甕口，女郎伸手探探，取出白金五十幾兩，常大用阻止她再拿，她不聽，繼續再拿出十餘錠，常大用強迫她放回一半去，然後才把甕口掩蓋起來了。

一天晚上，女郎來了之後憂心忡忡地說：

「最近謠言很多，恐怕有人對我們不利，不早作打算不行了。」

常大用驚異地說：

「這是怎麼回事？我生性拘謹，從沒做過偷雞摸狗的事。我和妳之間是我這一生最大膽的決定，就如同已經失節的寡婦，命運已經不在她的手中了。現在只要妳說什麼，我就做什麼，就算刀鋸斧砍也在所不惜。」

女郎便約常大用一塊逃亡。她要常大用先回洛陽，兩人可在常家故里相見。常大用原本計畫先回家之後再去迎接她，誰知千里迢迢，到家之後竟發現女郎和桑姥姥的座騎也正好到達門口。兩人登堂入室，拜見家人，四鄰驚賀他迎娶美婦，而不知二人其實是亡命鴛鴦。

常大用私底下有些擔心，女郎却坦然地告訴他：

「千里路遙，誰能搞得清楚那麼多事？就算有人知道，我是世家女，我愛效仿文君夜奔，他們又能奈我何？」

常大用有個弟弟大器，十七歲，女郎看到大器後說：

「大器有慧根，前程比哥哥還好。」

常大器原訂完婚之日，妻子忽然夭折。女郎對常大用說：

「我妹妹玉版，公子曾經見過，相貌不俗，年紀相仿，他倆作夫婦可算佳偶天成。」

常大用聽了就跟她開玩笑說：

「妳何不幫她作個媒？」

女郎反而認眞起來，她說：

「如果眞想要，那也難不倒我。」

常大用問她有什麼辦法？女郎說：

「妹妹跟我最親了，只要用兩匹馬駕一輛輕車，請桑奶奶去接她就得了。」

常大用怕被牽連前事，便不肯她這麼做。她却直說沒關係。於是她派了一部車送桑姥姥到曹州去，將近里門時，桑姥姥下車，要馬伕等候在半途。桑姥姥趁入夜時分進入巷里，過了許久，她伴同著玉版一同出來，登上車子便往回走。這一路入夜即睡在車中，五更天亮便出發。到離洛陽五十餘里的地方，常大用早已受妻子之命迎接在那兒了。於是當即鼓吹花燭，起拜成禮，兄弟二人皆得美眷，而家用又日益富足。

一天，幾十名惡寇騎著馬侵入常宅。常大用知道危機來了，便要家人全登上高樓。大寇侵入圍住高樓，常大用俯出身子問：

「你我之間究竟有何仇恨？」

「無仇！但有兩事相求，一則聞兩夫人世間所無，請賜一見。一則五十八人，各乞金五百。」

大寇聚薪樓下，打算縱火逼人。常大用先答應付錢給他們，但敵寇不滿意，就準備放火，全家都嚇昏了。女郎和玉版便準備下樓了，常大用阻止也沒用。二女炫妝而下，走到離地三階之處，停下來對賊寇說：

「我姊妹倆皆神仙，暫時一履塵世，何畏賊寇？我們還想賜你萬金呢！就怕你承受不起呀！」

寇衆一起仰拜，不敢吭聲。兩姊妹要退下，一名賊寇喊道：

「什麼神仙，別聽她耍詐。」

女郎聽了便轉過身來，又問道：

「你們到底想做什麼，趁早說明還來得及。」

賊寇互相對看一眼，默無一言，兩姊妹便從容上樓去。賊寇一直望著她倆的身影消失後，便一鬨而散。

再過了二年，姊妹各得一子，才漸漸說起自己姓魏，母親被封爲曹國夫人。常大用懷疑曹州並無魏姓世家，而且大戶人家丟掉兩個女兒，怎麼會不聞不問？但是他也不敢多問，只是心裡胡思亂想，有一次便又假借了一個理由到曹州去。

到了曹州，他東問西問，就是沒有姓魏的世族。於是他又到原來住宿的地方借住，忽然看到牆壁上有贈曹國夫人詩，心中嚇了一跳，便去詢問主人。

主人聽了覺得好笑，便邀請他前往拜見曹夫人，原來是一枝牡丹，高與簷齊。之所以得此封號，原因是此花爲曹州第一，因此戲稱爲曹國夫人。

常大用又問這究竟是那一種牡丹？主人答道：

「葛巾紫也。」

常大用聽到這名字便嚇出一身冷汗，心中便懷疑妻子是花妖。回家之後，不敢質問妻子，只試著將詠曹國夫人詩唸出來，妻子一聽立刻變臉，她急急叫玉版把兒子抱出來，對丈夫說：

「三年前我被你的眞情感動，才以身相許。現在你却懷疑我的出身，我們還能相處嗎？」

葛巾便與玉版一同把兒子抱起來往地上一擲，小兒墜地即沒，常大用還沒來得及驚呼，轉眼葛巾與玉版皆消失無踪。常大用後悔莫及，但再也無法追回。

過了幾日，兒子落地處生出二株牡丹，一夜經尺，當年而花，一紫一白，朶大如盤，比平常的葛巾、玉版牡丹還要美艷富麗。幾年過後，茂蔭成叢，移分他所，更變異種，自此以後，葛巾與玉版便成爲洛陽天下無雙的上品牡丹，徒令賞花君子痴戀終生。

【之六】

連瑣

嬌弱委婉，倚賴心愛的男人，柔性的女人

她又教楊子畏做棋盤，買琵琶，
每天晚上教他下棋，不然就彈彈琵琶。
她經常彈的是「蕉窗雲雨」，曲調哀怨。
有時她挑燈作劇，樂而忘曉，
直到窗上曙光初現才張惶遁去……

白楊蕭蕭，聲如濤湧。楊子畏秉燭夜讀，正感悽斷，忽然聽到牆外有人在吟詩：

「元夜淒風却倒吹，流螢惹草復沾幃。」

只聽那人反反覆覆唸過來唸過去，就這兩句。仔細聽那聲音哀楚細婉，應當是女子，心中不禁納悶起來。自從他移居到這荒郊之野，四處人煙甚少，而且牆外便是古墓，怎會有人，而且是女子夜半吟詩呢？

第二天早晨，楊子畏到牆外看看，並沒有什麼人家，只有一條紫色的帶子遺留在荊棘叢中，他便撿了回來，放在窗枱上。

當晚二更時分，楊子畏又聽到和昨天晚上一模一樣的吟詩聲，他便把桌子移到窗邊，踩著桌子往牆外望去，結果吟詩聲頓然停止了，楊子畏心中明白一定是女鬼在吟詩，但他不覺得害怕，反而有點仰慕起她的才情了。

第三天晚上，楊子畏事先伏在牆頭等待。一更快盡時，看到一名女子姍姍自草叢中走出，手扶小樹，低首哀吟。楊子畏微微咳嗽了一下，女子急急躲入荒草中消失了。

楊子畏於是等待在牆脚，過了好一會兒，女子吟詩聲又出現後，他才隔著牆壁將那首詩讀完：

「幽情苦緒何人見，翠袖單寒月上時。」

唸完之後，四下一片寂靜，那名女子完全消失了身影與聲息，楊子畏覺得無奈，只好又回到屋內。他才坐下來沒多久，忽然看到那位美麗的女子自外而來，端端莊莊地向他鞠了一個躬：

「公子正是風雅人士，只是小女子生性害羞，怕見生人。」

楊子畏見她終於出現，喜不自勝，忙問她家住那兒？爲何久久待在此處？女子語帶悽涼地回道：

「我家原在塞外隴西，跟隨著父親四處遷徙。十七歲時得了一場怪病死了，現在已經二十多歲了。九泉荒野，孤寂無依，平時以吟詩自娛。今晚所吟詩句是我平日所思，可惜一直想不出下聯，現在蒙公子幫忙，終於完成了，心中高興得不得了，特別來道謝一番。」

楊子畏不以爲意地笑了笑，却低頭指指她裙下露出的小巧雙足。女郎低頭看看，不禁笑了起來：

「你這是在取笑我嗎？」

原來她穿了一雙月光色的錦襪，一只上面繫了條紫色的帶子，另一只則只用根綵線隨意綁起來。楊子畏問她爲什麼不綁同色的帶子？她說：

「昨晚爲了躲你，不知掉到什麼地方了。」

「哦！那今晚就換我來幫妳繫帶吧！」

他由窗檯上拿起紫色帶子，幫女子去掉綵線，換上紫帶，並用一雙溫暖的手緊握著那隻冰涼的小脚，女郎的雙頰都脹紅了。她扭捏地掙脫了楊子畏，便轉身翻閱桌上的詩集。當她看到元微之的連昌宮詞時，便感慨地說：

「我活著的時候最愛就這本詩集，現在再看到，只覺如在夢中。」

楊子畏便與她談詩論文。兩人剪燭西窗，如遇知己。尤其她慧黠可愛，更令楊子畏心儀不已。從此之後，每天夜裡，楊子畏只要開始挑燈夜讀，女子便悄然而至。但她經常叮囑楊子畏：

「我們之間的事最好保密，我生性害羞，而且也怕被壞人欺負。」

楊子畏答應了，自此兩人的關係似乎又近了一步。兩人夜夜歡聚，如魚得水。女子經常在燈下爲楊子畏抄寫詩句，字態端媚。又自選宮詞百首，抄下來之後自己誦讀。她又教楊子畏做棋盤，買琵琶，然後每天晚上教他下棋，不然就彈彈琵琶。她經常彈的是「蕉窗雲雨」之類哀怨曲調，聽來令人心酸。楊子畏不忍心聽，要求她換一個曲調，她便改彈「曉苑鶯聲」，頓覺心懷暢適。有時候她還挑燈作劇，樂而忘曉，一直看到窗上有曙色才張惶遁去。

一天，薛生造訪，剛好楊子畏在睡午覺。薛生便四處看看，看到琵琶、棋局，便覺詭異，因爲他從沒聽楊子畏提過他會下棋或彈琴。又翻翻桌上的書本，看到字跡端正的宮詞抄錄本，更覺奇怪。楊子畏醒來之後，他便追問道：

「你準備這些棋盤、琵琶要做什麼用？」

「打算學一學呀！」

「那又是誰幫你抄的這些宮詞？」薛生鍥而不捨地問。

「朋友幫忙抄的。」

薛生好奇地反覆檢閱，看到最後一頁有一行細字：「某月某日連瑣書。」不禁笑道：

「這明明是女孩子的名字，你幹嘛騙我？」

楊子畏大爲困窘，不知如何作答。薛生又繼續追問，都得不到答案。於是他把詩卷藏起來準備帶走，楊子畏急了，便告訴他來龍去脈。薛生聽了便要求要見連瑣一面，楊子畏怕她生氣，不肯答應。但是薛生不停的逼問，楊子畏不得已，只好答應了。

到了夜晚時分，連瑣又出現了。楊子畏小心翼翼地告訴她薛生的事，她果然生氣了。她憤憤不平地說：

「我不是告訴過你要保密嗎？你怎麼還是跟別人說了？」

楊子畏無言以對。連瑣更生氣了。她絕情地說：

「我倆緣份已盡，不必再見了。」

楊子畏不肯她走，百般慰解，但她終究不甚愉快。臨別時對楊子畏說：

「那我暫時避避風頭好了。」

第二天薛生來，楊子畏告訴他連瑣不肯見人的事。薛生懷疑這是他的藉口，到了傍晚便又和另一位同窗的友人一起來了。整個晚上他們嘻嘻鬧鬧，逗留不去，楊子畏拚命阻止他們，但一點用也沒有。如此一連鬧了四五夜，大家都累了，就想回去了。當天夜裡，他們安靜地呆在屋中，準備第二天一大早離開，忽然聽到了女子吟詩聲，悽婉欲絕。薛生正打算仔細聆聽，同來的王生卻個性衝動，他拾了一塊大石頭往牆外丟去，同時大喊：

「裝腔作勢不見客！什麼好句子，嗚嗚惻惻的，悶死人了！」

吟詩聲立刻中止了。楊子畏氣得直催他們走人。

第二天，客人都走了，楊子畏一個人獨宿空齋，期待連瑣再來，但卻杳無音訊。又過了兩天，連瑣忽然來了，哭著對他說：

「你招來了惡客，幾乎嚇死我了！」

楊子畏跟她陪罪不已，連瑣卻不理他，只匆匆告辭說：

「跟你說過我們緣份已盡，從此不要再見了！」

楊子畏想抱住她，卻挽不住她瞬即消失的身影。從此一個多月都不見人影。

楊子畏日夜思念，形銷骨立，卻莫可追挽。

一天晚上，楊子畏一人對酒獨酌，心中正是感慨萬千，忽然連瑣一閃而入，楊子畏欣喜若狂地問：

「終於原諒我了？」

楊子畏緊緊摟住她瘦削的身軀，但她只低頭掉眼淚，一句話也不說。被追問了半天之後，她才遲疑地開口：

「我負氣而去，如今又來求人，實在沒有面子！」

楊子畏又再三追問，連瑣才開口道：

「鬼域不知從何處來了一個貪官污吏，硬是逼我作他的妾。我一生淸白，豈肯委身鬼域貪官。如果你還對我有夫妻之情，必定不肯讓他爲所欲爲。」

楊子畏聽了大怒，恨不得立刻將那鬼官殺死。但想到人鬼殊途，又不知如何是好。連瑣便告訴他：

「你晚上早一點睡覺，我會在夢中帶你去。」

楊子畏答應了。當天下午他便稍稍喝了點酒，黃昏過後便乘醺入眠。忽然看到連瑣前來找他，並給他一把佩刀，牽著他的手往前走。到了一個院宅，才關上門準備說話，忽然有人大力搥門，連瑣驚慌地說：

「仇人來了！」

楊子畏開門出去，只見一名壯漢，赤帽青衣，滿面鬍鬚。楊子畏趕他走，他卻怒目橫眉，言詞兇譖地吼回去。楊子畏拿著刀追殺他，他卻拿著石頭朝楊子畏丟去。驟如急雨的石頭擊中了楊子畏的手腕，佩刀便噹啷落地。正在危急之中，忽然看到遠處一人腰佩箭鏃，原來是王生。楊子畏大喊救命。王生張弓急至，向厲鬼射出一箭，中了臀部，再一箭，厲鬼應聲倒地。楊子畏大爲感謝，王生問明白了緣由，也大吃一驚。

王生因爲前次得罪了連瑣，現在可將功贖罪，心中高興不已，便和楊子畏一同進入連瑣的屋子。但是連瑣仍然怕見生人，躲在一邊默不吭聲。王生看到桌上有一柄小刀，長僅尺餘，裝以金玉，拔出劍匣時光鑑毫芒，因而愛不釋手。過了一會兒，兩人見連瑣仍然羞縮可憐的模樣，便不再打擾她，分手歸去。

楊子畏走到一面土牆前面，朦朧之中穿牆而過，倒在床上，於是突然醒了，只聽得林中已經幾處雞啼。他只覺得手腕劇痛非常，仔細一看，皮肉赤腫，正是被厲鬼以石塊打中之處。

到了中午時分，王生來了，跟他談到夢中奇事。他還沒說完，楊子畏先問他：

「你是不是在夢中射死了一個厲鬼？」

「咦，你怎麼也知道？」

「你看我的手腕。」楊子畏把手抬高，「我還該謝謝你的救命之恩呢！」

王生這才明白來龍去脈，只可惜在夢中看不清楚連瑣的長相，因此要求晚上一見。夜裡楊子畏和連瑣見面之後，告訴她王生的救命之恩，連瑣說：

「王公子相助，義不敢忘，然而他雄赳赳氣昂昂，連瑣實在不敢與他面對面。」

她說完想了想又說：

「我看王公子很喜歡那柄佩刀。那把寶刀是我父親在南方以百金買來，平時我就很喜歡，用金絲包著，還掛上夜明珠。後來我生病夭折了，父親心疼我，就拿來陪葬。既然王公子喜歡，我就送給他，見刀如見人，我們就不必碰面了。」

第二天，楊子畏告訴王生此事，王生大悅。當天夜裡，連瑣果然攜刀而至，並要楊子畏轉告王生：

「此刀非中原所有，請多珍重。」

兩人自此往來如初，情誼更濃。過了幾個月，一天晚上連瑣忽然在燈下笑瞇瞇地欲言又止，楊子畏再三追問，她才說：

「承蒙你的愛憐，讓我能接受活人氣息，現在我的白骨漸漸有了活氣，但仍需要生人精血，才能復活。」

楊子畏也高興地說：

「是妳自己不肯說，我那有不肯的？」

「你將會有二十餘日大病，但吃吃藥就會痊癒了。」

兩人便魚水交歡，纏綿竟夜。之後連瑣又說：

「我還須一點生血，公子能忍痛犧牲嗎？」

楊子畏取出利刃刺臂出血，連瑣躺在床上，要楊子畏把血滴在她肚臍中，然後才起身說：

「我今後不再來了。公子切記百日之期，到我墳前等待，有青鳥鳴於樹梢，便立即把墳墓挖開來。」

楊子畏表示謹記在心。連瑣臨出門時又再叮囑：

「切記！要掌握時機，太早或太遲都會失效的。」

連瑣走了約十餘日，楊子畏果然大病，只覺腹脹欲死，醫師給他下藥，他便拉肚子數十天，拉出來的穢物有如泥巴。

大約過了百日，楊子畏算準了日子，便請家人帶了鋤頭到連瑣的墳前等待。太陽偏西的時候，果然一對青鳥飛來，停在樹梢上啼叫。楊子畏高興地說：

「快挖吧！」

家人幫忙著劈開荊棘，挖出墳土，取出棺材。只見棺木已朽，而躺在棺材中的女子面貌如生，摸摸她身軀體溫還有些微溫。楊子畏用一件衣服將她包住抱回家去。再將她靠著暖爐躺著，不久只聽得她漸漸有了呼吸聲，再過一會兒便可以吃點稀粥，到了半夜，連瑣便眞的醒來了。

此後一生，連瑣常和楊子畏談到前世之事，感慨地說：

「在鬼域中的十年有如一夢。幸而夢醒之處，仍有人間情愛。」

【之七】

連城

兩次賠上性命相尋，纏綿的女人

「恐怕事情有變，又要辜負你一次了，請先以魂相報吧！」……

大街上人潮推擠，似乎那一面牆上有什麼特別有趣的事吸引著一堆路人。喬生原本只是路過，沒想到却被人潮推擠至那面公告前。仔細一看原來是史孝廉爲女兒招親圖。

公告上寫著史孝廉有女兒，字連城，工刺繡，知書達禮，父親嬌愛之，特別公布她所繡的倦繡圖，徵少年題詠，以擇良婿。

許多文人墨客在那兒拈鬚吟詠，就是想不出個頭緒。即便有人題上詩句，也是牛頭不對馬嘴。喬生看了看那幅美人繡荷圖，心中不禁詩興大發，便隨興題了首詩在上面：

「慵鬟高髻綠婆娑，早向蘭窗繡碧荷。刺到鴛鴦魂欲斷，暗停針線蹙雙蛾。」

另外又寫了首詩讚美挑繡之工夫細膩：

「繡線挑來似寫生，幅中花鳥自天成。當年織錦非長技，倖把迴文感聖明。」

兩首詩題完，早已被送往史家傳閱。史連城讀過之後，心中感動莫名，覺得這位題名「喬生」者乃深知我心。

連城頻頻向父親提起「喬生、喬生」，父親聽了之後卻冷笑說：

「喬生？那個窮書生呀？我看他是腦袋有點問題嘛！朋友顧生死了，他幫著葬掉成了，還花錢養顧生的老婆。前任縣令死了，他就花大筆家產把縣令家人送回二千里外的故居，結果自己一窮二白，這回想來娶我女兒好撈本呀！門都沒有。」

連城卻聽不進父親的話，她認爲喬生不只有才華也有肝膽，所作所爲皆有擔當，因此私下託老嫗送錢給喬生，以幫助他的生活費。因此喬生常常嘆息道：

「連城眞是我的知己呀！」

喬生與連城雖然互相仰慕，無奈父命難違，沒多久連城就被許配給鹽商之子王化成。喬生知道自己娶妻無望了，但相思之情無可遏抑，即便是夢中也要傾訴。

過了沒多久，連城得了重病，臥床不起。史父尋遍名醫皆無效用，後來一名西域頭陀來了，他表示可以治療，但需要男子胸前的肉一錢，搗合藥屑才可以。

史孝廉迫不得已，只好向準女婿報告此事。王化成却嘲笑著說：

「痴老頭，娶了他女兒不夠，還想割我心頭肉？」

家僕回報給史孝廉。史孝廉怒不可遏，便發出通告說：

「只要有誰願意割肉爲我女兒治療，我就把女兒嫁給他！」

史孝廉的通告一發出來，衆人又競相走告，喬生聽說了，便自告奮勇到史家，取出白刃便往胸前一剜，割下一塊胸口肉給和尚。只見他全身浴血，悽慘莫名，和尚趕忙給他敷了藥，血才止住。

僧人用他的肉合了三個藥丸，連城服了三日，彷彿藥到病除，人就精神起來了。史孝廉只好實踐他的諾言，但爲了怕惹怒財大氣粗的王家，便先派家人去告訴王化成。王化成一聽大怒，決定要告官搶妻。

史父無奈，只好設筵請喬生來，向他出示千金，並告訴他：

「大恩大德，無以相報。」

史父並解釋爲何女兒不能嫁給他的理由。喬生聽了激憤異常，他恨恨地說：

「我之所以願意割胸療疾，是爲報答知己而已，我可不是論斤論兩來賣肉的。」

喬生拂袖而去。連城聽說這段原委，便託老嫗向他表白：

「以你的才華，絕不會落魄太久，更何況天下何患無佳人。我近日夢不祥，知道自己三年必死，你又何必與人爭這九泉之下的臭皮囊呢？」

喬生卻告訴老嫗說：

「士爲知己者死，我並非看上她的美色，連城這麼說，恐怕並非我的知己。如果她眞知我心，就算我們不能結爲連理，又有何妨？」

老嫗聽了連忙代連城解釋，並剖白心意。喬生最後便說：

「如果眞如妳所說，下次我們相逢時，她能爲我一笑，我將死而無憾！」

老嫗便走了。過了幾天，喬生出門，剛好碰到連城自叔叔家歸來，喬生細細地看看她，只見她秋波轉顧，果然對他嫣然一笑。喬生心花怒放，欣喜莫名地說：

「連城眞的懂我的心！」

過了一陣子，王家又來提親了。結果連城又發病，幾個月後便死了。喬生前往祭弔，心中哀痛不已，竟倒地而絕。

史孝廉請人用轎子把喬生送回家。喬生躺在轎子中，心中模模糊糊地明白自己已經死了，也沒什麼好怕的，只是離開史家之後，仍然想見連城一面。那股相思之情似乎孄孄婷婷，永無絕日。

在路上喬生往西北一望，只見行人如蟻紛擾前往。喬生便不知不覺混雜其中，走了沒多久，來到一個押解亡魂的官邸，看到顧生竟在堂上。顧生看到他，十分驚訝地問：

「你怎麼會來這裡的？你的時辰還未到呀！」

他說著就要手下把喬生遣返人間。喬生卻嘆了口氣阻止他，表示自己心願未了，回不去人間。顧生便說：

「我在這裡雖是個小官，還算受長官重用。你有什麼心願，如果能幫得上忙，自然盡力而爲。」

喬生便向他說起想見連城的事。於是顧生便帶著他經歷過刀山油鍋，終於見到連城和一名白衣女郎淚眼相對，慘坐一隅。連城看到喬生來，心中高興莫名，問他怎麼來的。他難忍悲痛地說：

「妳死了，我怎敢活著！」

連城一聽就淚如雨下，她哭著說：

「我這樣忘恩負義的人，你早早把我拋棄好了！幹什麼要爲我殉情？既然今生不能相許，就等來生爲你報答！」

喬生轉頭對顧生說：

「你有事先去忙吧！我這是樂死不願生了！只麻煩你告訴我連城託生何處，

我跟著去就是了。」

白衣女郎問喬生是什麼來歷？連城便將二人之間的纏綿告知白衣女郎，女郎聽了之後表情不勝悲苦。連城便告訴喬生說：

「這個女孩與我同姓，名叫賓娘，長沙史太守的女兒，一路同來，相依相伴，已成好友。」

喬生看她意態憐人，正想和她說話，忽然顧生回來，興奮地說：

「我為你安排好了，就令連城和你一起回魂可好？」

兩人皆喜，正要告辭，賓娘却大哭起來：

「姊去我安歸？」

喬生拚命想拒絕她，她却又死都不肯放手。喬生便要她去向官員求情，她去了一下，又回來，雙頰慘白地搖搖手說：

「不行，不行，一點辦法也沒有。求求你帶我走，我情願為姊姊奴婢！」

連城心中悽慘，無以爲計，轉身求喬生。喬生又只好哀求顧生，顧生實在左右爲難。史賓娘更是宛轉嬌啼，一直扯著連城的袖子不放，恐怕她起身走了。幾個人相對無言，肺腑酸柔。顧生受不了，便憤然地說：

「請帶賓娘一起去了！若有什麼罪過，就由小的承擔吧！」

賓娘這才喜孜孜地跟著他們走出亡魂界。

喬生擔心賓娘一人沒有同伴，賓娘卻說：

「我已經跟定姊姊和公子，不願回去了。」

喬生責罵她：

「傻瓜！不回去妳怎麼能活過來？等妳回家之後，還認得我們就算走運了。」

當時剛好有兩個老奶奶奉命要到長沙去，喬生便託她們照顧賓娘。賓娘這才泣別而去。

在回程途中，連城行動緩慢，每走一里路便要休息一陣子，休息了十餘次，才算見到了里門。連城說：

「重生之後怕有翻覆。你到我家去索取我的骸骨來，我在你家重生，才不會有後患。」

喬生答應了，兩人便一起回喬生家。但走到門口之前，連城心中有事，彷彿走一步退兩步，喬生問她怎麼回事？連城心緒不平地說：

「我走到這裡，覺得四肢搖晃似無所主，心中極爲駭怕好夢難以成眞。我們得早作預謀，不然活過來後又沒有了自由。」

喬生安慰她，又將引她入室時，她突然停步，笑著說：

「你討不討厭我？」

喬生驚訝地問她爲何口出此言。她這才赧然地說：

「恐怕事情有變，又要辜負你一次了。請先以魂相報吧！」

喬生悲喜交集。兩人極盡歡戀，徘徊在廂房之中三日不肯出門。

第三天，連城終於說：

「俗話說，醜媳婦終需見公婆。我們在此悲戚終日，絕非長久之計。」

於是她拉著喬生往門口一站，才走到靈寢左右，喬生便豁然甦醒。家人驚異莫名，趕忙進以湯水。

喬生便要家人請史孝廉把女兒屍骨送來，說是他能使連城死而復生。

史孝廉聽得高興，便用轎子將女兒屍骨送來。才送入屋中，連城便已經醒了。

她告訴父親說：

「女兒已委身喬郎，更無歸理。如有變動，但仍一死。」

史孝廉連哭帶笑地答應了女兒，回去便將王家辭退了。王家卻不肯善罷干休，向官裡投訴，並付予大筆賄金。官員收受賄賂，便將史連城判給了王家。喬生憤恨欲死，但又無可奈何。

連城來到王家之後，不言不飲，但求一死。趁室中無人，便懸帶樑上自殺。被家人救起後，過了一天，眼看著就要死了，王化成看了害怕，就把她送回史家。史孝廉也無可奈何，又將女兒送回了喬生家。王家雖然知道了，但也不想再理會，從此雙方不再往來。

連城身體好起來之後，常常和喬生談起在冥界認識的賓娘，有時想寫封信給她，又怕路遠沒人肯送信。

有一天，家人來告知說門口來了輛馬車，夫婦出去一看，原來是賓娘來了。史太守親自送女兒到此，並說：

「我家女兒因為你們而得以重生，堅持要跟隨左右，我只好任其所願。」

史孝廉聽說此事，也來祝賀。但是兩人對女兒的如此任性與痴情，也只能相視苦笑了！

【之八】

翩翩

養一個愛偷腥的男人又何妨，豪氣的女人

翩翩拿了一塊手帕當作布，又用白雲作棉絮，
製作了一件雙層的棉衣給他。
新棉襖溫暖又輕巧，而且從不會髒，
永遠和新的一樣，一年多後，翩翩生了兒子，
他提起要回故里，
翩翩說：「我不回去。要去，你自己去。」……

「臭乞丐！滾開！」

一個五、六歲的小男孩對著衣衫不整，滿身濃穢的羅子浮喊著。

另一個大一點的孩子則乾脆朝他丟了一個爛柿子，想把他趕走。

羅子浮停在村里門口，不敢再走進去。雖然這曾經是他的家，但如今他已經沒有臉再回去了。

他嘆了口氣，轉身慢慢朝山野間走去。他的心情有些落寞，回想一生竟有如夢幻。八九歲時，父母就去世了，後來便跟著叔叔羅大業長大。

羅大業做到高官，同時家中富有，又無子女，因此視他如己出，十分疼愛。十四歲時，羅子浮到廟會去玩，看到一個戲班子在耍雜耍，他看到高興，便蹲在那兒不回家了。戲班子裡一個中年漢子問他：

「公子想不想跟咱們一塊五湖四海，到處玩耍啊！」

「好耶！」

「那要花好多錢喲！」

「錢？我家有的是錢。」

「那好，明兒你帶個幾十兩銀子，我帶你去玩去！」

結果羅子浮就每天拿著錢跟著這羣江湖漢子到處狎妓飲酒作樂，剛好有一個來自金陵的妓女來到羅子浮的家鄉做生意。羅子浮迷上了她，每天大把的金銀奉上不說，還不時的買禮物送她。

有一天，金陵妓女覺得賺夠了錢，想回故鄉去了。羅子浮傷心欲絕，便從叔父家中偷拿了大批金銀財寶，偷偷跟了妓女去金陵。

妓女見他跟來，雖然不高興，但見他有金銀珠寶，便也讓他住下來了。過了大半年，他的錢也花得差不多了，妓女戶的姊妹們開始嫌棄他，但還是容忍了他一陣子。誰知道他竟染上了毒瘡，傷口潰爛，惡臭不可聞。尤其是躺在床上，弄得髒兮兮的，妓女戶的人受不了，便將他趕了出門。

羅子浮當完了公子，這回要當乞丐了。市人見了他却都躲得遠遠的，深怕被毒瘡傳染。羅子浮這下明白世態炎涼，心中深怕自己死於異域，便一邊乞食一邊朝西邊走，每天走個三、四十里，不知不覺也走回了家鄉。

如今的他近鄉情怯，自慚形穢反而不敢入里門，只好往郊野行去。天色漸漸晚了，羅子浮決定先到山上找一間廟住一晚。

一身敗絮濃穢的羅子浮，走一步停兩步，正不知何去何從，忽然前面來了一名女子，容貌若仙，問他要去那裡，他將實情告知女子。女子說：

「我是出家人，住在山洞裡。你可以跟著我住，不必擔心山上的豺狼虎豹。」

羅子浮高高興興地跟著她走。他們往山裡深處走，大約入夜時分，才來到一個洞口，進入之後只見門橫溪水，別有洞天。

在這洞口中共有二間石室，光明微照，無須燈燭。仙女便叫羅子浮解開一身奇臭的衣服，跳到溪水中洗浴。仙女說：

「你好好清洗一下，身上的膿瘡就會好了。」

她又打開被褥，催促羅子浮趕快睡覺。她催著說：

「洗完澡立刻睡覺，我會替你做新衣服的。」

女子拿著一種大如芭蕉的葉片，剪剪裁裁便作起衣服來。羅子浮躺著看她做東做西，沒兩三下便做好，還褶疊好放在床頭，對他說：

「明天早上起床時拿去穿啊！」

羅子浮聽了半信半疑。他光著身子躺在柔軟舒適的床鋪中，覺得全身的膿瘡已經不痛了。等他昏昏入睡，一覺醒來時，再摸摸身體，原來的瘡口已經結疤，就快好了。

清晨的曙光已經在催促他起身，他心想：

「昨晚明明是芭蕉葉衣服，怎麼穿呀？」

他轉身還是拿起衣裳看看，結果竟是綠錦滑絕的好衣裳。

女郎看羅子浮起身了，便準備作東西給他吃。只見她拿了幾片山葉說是要作餅，羅子浮心中懷疑，但還是等她做好，拿起來吃，果然真的是餅。之後她又用葉片剪了些雞、鴨、魚、肉的模樣來烹煮，結果竟然都跟真的食物一樣。

在石室中的一角，有一甕美酒，仙女要他渴了就取來喝。等甕中的美酒快喝完了，便倒些溪水進去就成了。

如此這般的過了幾天，羅子浮身上的瘡痂都脫去了，就向女子示愛求歡。女子取笑他：

「你這輕薄兒，才剛能活命，就開始胡思亂想了！」

「我只不過是想以德報德罷了！」羅子浮心不甘情不願地嘟噥著。

一天，一位少婦笑嘻嘻地走入洞中：

「翩翩小鬼頭快活死了！什麼時候收了個乾弟弟都不說一聲？」

翩翩也笑吟吟地回道：

「花城娘子，是什麼西南風把妳吹來的呀？是不是生了個兒子啊？」

花城娘子笑著答道：

「又是個小姑娘。」

「妳還眞是個瓦窰，盡生些女孩子！怎麼沒帶來呢？」

「我才要出門，她又睡了，就算啦！」

兩人坐下來飲茶吃果子。花城姑娘看看羅子浮便說：

「這位小兄弟可是一表人材哦！」

羅子浮這才有機會仔細看看花城姑娘。她的年紀大約二十三、四歲，綽約動人，羅子浮看了她便心生愛慕。剛好他剝了一顆果子滾落在桌下，他便假裝拾果子去捻捻花城姑娘的小脚。花城姑娘則顧他而笑，彷彿不知道此事。

羅子浮心中正一番狂喜，忽然感到袍褲都變得冷冰冰，低頭看了看，原來的絲錦綢袍全變成秋葉，他駭怕已極，便正襟危坐，不敢胡思亂想，過了好一陣子，衣裳才又回復到原來形狀。

等他覺得心安理得，衣服也保暖了，便不知不覺又和花城調笑起來，甚至還用小指頭輕搔花城的手掌。不知不覺間，他的衣服又變成秋葉，等他心情平靜才又恢復。如此幾次變化之後，他才漸漸平息心情，不敢再亂想。

花城笑著說：

「妳家這小兄弟不大聽話，如果是碰上醋葫蘆娘子，恐怕跳脚都跳到九霄雲外了。」

翩翩也笑著回道：

「這種薄情漢最好把他凍死算了！」

兩人說著鼓掌大笑起來。

過了一陣子，花城站起來要走了。她有點焦急地說：

「小女兒恐怕醒了，一定哭了大半天了。」

「妳就顧著勾引小男生，那還記得家裡還有個小女娃。」

花城走了之後，羅子浮心中有些害怕，偷偷看看翩翩，深怕被她責罵。誰知翩翩好像當作沒事一樣，對他依然溫柔體貼，他吊在半空中的心才放了下來。

羅子浮在山洞中住了好一陣子，漸漸覺得秋老風寒，霜零木落。翩翩便收拾落葉，當作冬菜收藏，好準備過冬。她看到羅子浮冷得縮成一團的模樣，便拿了一塊手帕當作布，又用白雲作棉絮，製作了一件雙層的棉衣給他穿。他穿著新棉襖，覺得溫暖又輕巧，而且從不會弄髒，看來永遠和新的一樣。

羅子浮和翩翩生活了一年多，兩人感情漸漸如膠似漆，一年多後，翩翩生了一個兒子，羅子浮每天在洞中逗弄兒子，看到他聰明又可愛，便忍不住想抱回家給親人看。但是每次他提起要回故里，翩翩都告訴他：

「我是不回去的。要去，你自己去。」

羅子浮也不敢輕舉妄動。過了二、三年，兒子漸漸長大，便與花城的小女兒訂了親。偶而羅子浮會和翩翩提起叔叔年紀大了，恐怕見不到面了。翩翩告訴他：

「大業叔叔年紀雖大，但身體還很強壯，不需要你擔心。等保兒成婚後，要去要留都隨便你了！」

翩翩在洞中經常以葉片書寫教兒子識字，兒子特別聰明，過目不忘，因此她常說：

「這個兒子有福相，送到人間去，不怕他不當高官。」

又是幾年過去，兒子已經十四歲了，花城便將女兒送來了。看到新婦容光照人，華妝絕色，夫妻兩人開心不已。在當晚的婚宴上，翩翩敲著金釵放歌：

「我有佳兒，不羨貴官；我有佳婦，不羨綺紈。今夕聚首，皆當喜歡。爲君行酒，勸君加餐。」

花城離去之後，翩翩夫妻與新婚兒媳隔室而居。新婦極為孝順，依依膝下，宛如所生。一天，羅子浮又提起返家之事，翩翩說：

「你有俗骨，終非仙品，兒亦貴富中人，可攜去，我不誤兒生平。」

新婦想和母親告別，恍惚之間，花城已經到了。母女告別，涕淚滿眶。兒女戀戀，各有不捨。兩個母親都勸他們說：

「暫去可復來，不必擔心！」

翩翩剪葉為驢，讓三個人乘坐在上面，只覺一陣子風過雲流，就回到了叔叔的家中。這時大業叔叔早已退休，以為姪兒當年已經死了，這下子忽然帶著佳孫美婦歸來，喜如獲寶。

三人進了家門之後，看看彼此的衣服竟然都是芭蕉葉做的。不一會兒全破了，便化成一股蒸汽散去。叔叔趕忙命家人幫忙換上衣服，重新做人。

幾年過後，羅子浮思念翩翩，便帶著兒子前往探看。來到山洞之前，只見黃

【之九】

鴉頭

勾欄中的真情，猶豫的女人

「哦！那是老媽媽的二女兒，名叫鴉頭，今年十四歲。好多大爺出重金買她，她偏不肯，老媽媽為此常打她，她鬼哭神號地叫，到現在還沒個著落呢！」

王文聽了，心中有如搗翻了的調味瓶，五味雜陳……

熙來攘往的街頭是王文所不熟悉的一個世界，他帶著好奇的心情，走入那片光怪陸離。

「王文，王公子！」

忽然有人在背後喊他，他轉過身，看到是從前鄉裡的一個親戚趙東樓。

「嗨！趙大哥，您這會兒在這一帶作生意啊？好久沒見您上鄉裡去了！」

「忙嘛！每天唏哩呼嚕就過去了。來，上我家坐坐。」

王文跟著趙東樓回到他的住處。還沒進門，就看到一位美人坐在室中，王文嚇了一跳，趕忙卻步。趙東樓卻扯著他說：

「沒事，沒事。咄！小妮子快走。」

窗內的女子起身離去，趙東樓拉著王文走入室內。趙東樓又叫人備酒菜，兩人聊起家鄉事來。王文表示自己正在準備考試，偶爾出門走走玩玩，昨天晚上才剛到附近的旅舍投宿，準備過兩天就回去。說著他捺不住好奇心問道：

「趙大哥，請問這裡究竟是什麼地方？」

「人家說小勾欄，就是此地。我在外作客久了，懶得找地方住，就暫且把這兒當作家了。」

王文聽了滿面通紅，他想不到自己清白一世，竟然闖到了妓女院中，而且談話中間，各式各樣的美女出出入入，讓他更覺不安，因此他決定立刻告辭，但是趙東樓強逼著他留下來，說是好久沒見故鄉人，一定要好好聊聊。

兩人正在拉拉扯扯之間，忽然看到一位少女經過門外，看到王文便秋波頻顧，眉目之間含情脈脈，而且儀度嫻婉，眞有如神仙女子。王文少不經事，而且個性方直，一見美人若此，心中不由惘然若失。

「剛剛那位美人是誰？」他忍不住問趙東樓。

「哦！那是老媽媽的二女兒，名叫鴉頭，今年十四歲了。好多大爺出重金要買她，她偏不肯，老媽媽常常爲此打她，她鬼哭神號地叫，到現在還沒個著落呢！」

王文聽了，心中有如搗翻了的調味瓶，五味雜陳，連趙東樓跟他說些什麼都聽不進去了。

趙東樓看他默然痴坐的模樣，知道他動了念頭，便調戲他說：

「如果你喜歡，我幫你做個媒怎麼樣？」

王文卻悵然說：

「這我可不敢。」

但是到了日暮黃昏，王文還呆在那兒不提要走的事。趙東樓又笑說要幫他介紹鴉頭。王文這下才算鬆了口說：

「您的好意我心領了，只是袋中無銀兩，恐怕也成不了好事吧！」

趙東樓知道鴉頭個性激烈，一定不會接受他做媒的，便故意說：

「這樣吧！我先借你十兩黃金，其他的你再想辦法去湊湊數怎麼樣？」

王文拜謝了他，匆匆趕回旅舍，把所有行李、值錢物品都賣了，換得五兩金子，便拿到趙東樓住處，強要趙東樓把錢拿給老媽媽。

老媽媽看了十五兩黃金，心中覺得太少了。但是鴉頭已經明白王文的心意，便對母親說：

「媽媽每天怪我不作搖錢樹，現在好不容易有個機會碰到適合的人，妳又嫌別人錢少。其實媽媽不用擔心，女兒一定會報答母親的。這回就讓女兒作主好啦！」

老媽媽知道鴉頭個性執拗，好難得有個她看得上眼的金主，倒也歡喜莫名，便答應了王文。

鴉頭與王文相見之後，兩人歡愛甚深。事後鴉頭就問王文：

「我是煙花下流的妓女，與公子不堪匹配，既然蒙你愛護，情深義重，我不得不問你，現在你錢花完了，只博得今宵一歡，那明天怎麼辦？」

王文聽了就悲泣起來，鴉頭對他說：

「不哭！我墮入風塵並非我所願，而且一直找不著敦厚篤實的君子可以託負終生。現在好不容易碰到你了，如果你願意，我們就今晚逃走吧！」

王文驚喜莫名，立刻起身。鴉頭也起來換裝，只聽窗外譙鼓已敲了三下了。鴉頭匆匆換上男裝，草草出門了。

王文帶鴉頭到他投宿的住所，把僕人叫醒，說是有急事，要他們立刻出發。鴉頭便取出一個符咒掛在僕人的臀部，另外一個掛在驢耳朵上，縱轡極馳，目不容啓，耳後但聞風鳴蕭蕭。

第二天清晨，他們已來到千里之遙，王文還有點摸不著頭緒，鴉頭已催著他租間屋子住下來。王文對她的特異功能感到驚異不已，就問她怎麼回事。鴉頭便老實地告訴他：

「說了也不怕你不高興。我其實不是人，而是狐，因爲母親貪淫，天天被她虐待，早想脫離苦海，現在好不容易能得自由。其實她的勢力範圍能到達百里之外，我們到了這麼遠，也沒見她動靜，表示可以安心了。」

王文則慎重的回道：

「我一點也不在乎妳的出身背景。問題是室對芙蓉，家徒四壁，實難自慰，恐怕終有一天被妳拋棄。」

鴉頭勸慰他道：

「你不必擔心這個。現在我們可以做點小買賣，一家三口簡簡單單也可以過日子。我們就把驢子賣了來當資本吧！」

王文聽了她的話，就在門前設了一個小攤子，與僕人一起賣酒飯，鴉頭則做些圍巾、披肩，繡些小荷包等來賣。每天他們多多少少有些盈餘，吃飯穿衣都沒有問題。這樣過了幾年，他們也存了點錢養僕人、婢女，王文也用不著再穿著粗布衣，下廚操作了。

有一天，鴉頭突然哀傷地說：

「媽媽已經打聽到我的消息了，一定會來逼迫我。如果她派姊姊來，我還擋得住。就怕媽媽來了，我就完了。」

王文也急得如熱鍋上的螞蟻，不知如何是好。等過了大半夜，鴉頭才慶幸地說：

「不要怕！姊姊來了！」

過了沒多久，果然一名女子，便是與趙東樓相好的妮子闖入室內，鴉頭笑著迎接她。女子罵道：

「死丫頭不害羞，跟人跑了！老媽叫我來把妳綁回去。」

她說著拿出一根繩子就要綁住鴉頭。鴉頭忿忿不平地說：

「從一而終有什麼罪？」

妮子更火大了，和鴉頭扭打起來，連衣襟也扯破了。家中眾人群集，準備過來幫忙。妮子看了害怕便匆匆逃走。

鴉頭立刻催著大家：

「姊姊回去了，老媽一定隨後就到。大禍不遠，快快逃吧！」

她正在催衆人趕忙搬家，老媽媽悄然而至，一臉怒容地說：

「我就知道妳這死丫頭沒有心肝，現在我親自來抓妳回去，看妳還能怎樣？」

鴉頭跪在地上哀求，母親不理她，把她的頭髮一揪就帶走了。

王文徘徊愴惻，眠食都廢。他急急趕回鴉頭的舊居，只見門庭如故，人物已非。問裡面住著的人，都不知道原來的住戶搬遷何處。王文無奈，只好失魂落魄地離開。

王文不見了妻子，也沒有心情理家，只好遣散僕人，自己變賣家產回故鄉去了。王文待在故里，心情依然哀痛不已，更不時四處遊走，冀望能再見到妻子。有一天他偶然來到京城，經過一個育嬰堂，看到一個七八歲的小男孩。僕人看著這個孩子覺得跟主人長得太像了，不免一直盯著他看。王文問他：

「你在看什麼？」

「公子，您看那個男孩長得跟您一模一樣。」

王文看看小男孩，風度磊落，和自己還眞有幾分神似，又想到自己沒有孩子，不妨把他贖回家養著。他便問那孩子：

「你叫什麼名字？」

「王孜嘛！」

「你從小被拋棄，怎會知道自己姓氏？」

「老師說當年他得到我的時候，我的胸前寫著『山東王文之子』。」

王文聽了大驚失色，脫口而出：

「我就是王文，可是沒有孩子。想必是同名同姓吧！」

他便帶著王孜回鄉。鄉裡人只要見到王孜便相信他是王文的兒子。

王孜漸漸長大之後，孔武有力，喜好田獵，不務生產，樂鬥好殺，王文怎麼教他也教不好。王孜除了四處惹禍外，還常說自己能見到鬼狐，但沒有人理會他。剛好鄉里中有一家遭狐患，就請王孜去看看。王孜到那家隨便看看，便指著一處要家人上前撲殺。衆人撲打一陣之後，便聽到狐鳴，毛血交落，從此一家安定，不再被騷擾。衆人從此相信王孜有慧根，對他另眼看待。

王文一天在市集閒逛，突然看到趙東樓巾袍不整，形色枯黯地蹲在地上。他趕忙上前詢問，趙東樓這才神情慘然地跟著他回家。

王文準備了酒菜並向他問起鴉頭之事，他說：

「老媽媽抓回鴉頭之後，對她大加虐待，等全家搬往北邊之後，又要她接客，她百般不肯，就被關了起來。後來她生了一個兒子，被丟棄在巷弄之中，聽說被育嬰堂收去了，現在也該長大了，那就是你的兒子。」

王文告訴他王孜的事，又問他爲何落魄至此。趙東樓嘆口氣說：

「現在才知道青樓薄倖，千萬不可對她們太過認眞！」

原來他聽說老媽媽要往北遷，念在與妮子的舊日情誼，便打算一路跟進。他先是把手邊的貨品全賤價出淸了，剩下的貨品再沿途兜售。一路行來，旅費昂貴，物品售價不高，再加上鴉頭的姊姊需索無度，很快的他就床頭金盡了。老媽媽看他已萬金蕩然，對他動不動就白眼相待。再過一陣子，妮子開始到大富人家外宿，幾日不歸。趙東樓激憤不已，但也無可奈何。有一天剛好老媽媽出門去了，趙東樓便聽到鴉頭在窗中叫他：

「勾欄院中原本就無情無義，所關心的只不過是金錢而已。趙公子戀戀不去，恐怕奇禍臨身，插翅難逃了！」

趙東樓聽了才知道害怕，如夢初醒。臨走時他偷偷去看了一下鴉頭，鴉頭就交給他一封信，託他轉交給王文。趙東樓這才一步一乞討地返回了故里。

王文從他手中接過鴉頭的信，上面寫著：

「知道孜兒已在你膝下，我就放心了！我身遭厄難，也是天數，前世之孽，夫復何言！目前我身處幽室之中，暗無天日，鞭創裂膚，飢火煎心，易一晨昏，如歷年歲。如果你還記得當年我們雪夜單衾，互相煖抱的情景，就請和兒子商量，一起來營救我吧！母親和姊姊雖然心狠手辣，但畢竟是骨肉，千萬不要傷了她們，切記！」

王文看完信後，涕淚滿襟。他對趙東樓千謝萬謝，又贈予金帛才送他走了。當年的王孜已十八歲了，王文告訴他前因後果，還把鴉頭的信拿給他看。王孜氣得眼眶通紅，立刻啓程前往京城，問到吳老媽媽的住處，便即殺去。

只見勾欄院前車馬方盈，王孜理都不理，直闖入門口。妮子正在與客人對飲，看到王孜持刀闖入，立刻變了臉色。王孜長驅直入，一刀殺了妮子，賓客們嚇慌了手脚，以爲是賊寇來了，看看地上的女屍，竟然變成了狐狸。

王孜又往裡殺去，看到老媽媽正在教婢女作羹湯，看到王孜來立刻不見了。

王孜四處看看，急急抽出箭往屋樑上一射，一尾狐狸貫心而墜，王孜便一刀砍下狐狸頭來。

王孜找到母親幽閉之所，便用石頭打破窗子，將母親救出。母子二人見面，痛哭失聲。

鴉頭問王孜老媽媽的去處，王孜直楞楞地說：

「我已經殺了她！」

鴉頭埋怨地說：

「你這個忤逆兒子怎麼不聽媽媽的話？」

鴉頭便叫他把老媽媽的遺體葬在郊野。王孜假裝答應了，却偷偷把狐皮剝了藏起來。他又檢視老媽媽的箱篋，將黃金珠寶一併帶走，奉母而歸。

王文與鴉頭再度相逢，已如隔世。一陣悲喜交集過後，王文問到老媽媽的下落，王孜脫口而出：

「就放在我袋子中呀！」

王文驚訝地問他在說什麼？他就拿出皮囊，取出了二張狐皮。

鴉頭怒罵道：

「你這不孝子眞是傷天害理！」

說著就大哭起來，差一點就要尋死尋活。王文極力安撫她，又罵兒子不孝。兒子忿忿不平地說：

「妳現在高興就忘了她鞭打妳時的皮肉之痛啦？」

鴉頭聽了又一肚子火，王文趕忙命兒子將狐皮葬在後院，才算大怒平息。

自從鴉頭歸來之後，王家日漸興盛。王文始終感激趙東樓對他的恩惠，便送給他大筆黃金銀兩。趙東樓這才明白原來老媽媽一家人皆爲狐仙。

王孜對父母親皆極爲孝順，但只要有人一觸犯他，他就惡聲暴吼，不能自己。

鴉頭便對王文說：

「兒子有拗筋，不刺去之，終當殺人傾產。」

夜裡等王孜睡去後，王文和鴉頭便將他的手脚綁起來。王孜醒來，驚駭地說：

「兒無罪！」

鴉頭說：

「不要擔心，只是幫你醫病而已。」

王孜大叫，扭來扭去想逃跑。鴉頭便用巨針刺他的踝骨側，深三、四分許，又用刀掘斷，崩然有聲。再在肘間、腦際分別刺斷筋骨，然後才放開他，要他安靜入睡。

第二天早晨，他醒來後立刻奔向父母，哭著說：

「兒昨晚想起過去所做所爲，都非人類。」

父母聽了大喜，從此王孜溫和如處女。這一場母親與子女之間的戰爭才算眞正的結束。

【之十】

小翠

幽默的媳婦，歡樂的女人

小翠把元豐打扮成楚霸王，
她自己則打扮成虞美人，
一會兒又把他打扮成沙漠中的蒙古人；
整天兩個人就是這樣嘻嘻哈哈，笑鬧不已……

一個夏日的午后，十歲的王大常躺在臥榻上玩耍。忽然天色陰晦，巨霆暴作，電光石火劃過空中，閃爍著悽厲的光芒。

忽然有一隻比貓大的動物跑來王大常身邊，伏在那兒一動也不動，想必也是被這場夏日午后的雷雨嚇壞了。過了一會兒，雷霆稍歇，天色晴霽，那隻動物才離開。王大常這才仔細一看，覺得不是貓，就有點害怕，叫隔壁的哥哥過來。

哥哥來了之後，沒見到那隻動物，但聽弟弟形容，便高興地告訴他：

「弟弟將來必然大貴，這是狐狸來避雷霆劫呀！」

後來王大常長大之後，果然年紀輕輕便中了進士，官至侍御。

王大常生了一個兒子王元豐，自小就是個呆子，十六歲了還分不出公或母，因此鄉裡面沒有人肯把女兒嫁給他。王大常雖然擔心，但也無可奈何。

有一天，一位婦人帶著女兒登門求見，表示願意讓女兒許配給王元豐。王大常看這女兒嫣然展笑，純真自然，心中已經先默許了。他問她姓名，她說她叫虞小翠，已經十六歲了。王大常又與虞母議論聘金，虞母說：

「她要是跟著我，米糠都吃不飽。現在不但可以住在大房子裡，使喚丫頭，吃大魚大肉，她高興都來不及，我還有什麼好擔心的?嫁女兒又不是賣菜的，還要稱斤論兩呀?」

王夫人聽了也覺得開心，便好好的招待她一番。虞母便叫女兒拜見王大常及夫人，叮囑她說：

「這就是妳的公公婆婆了，妳要小心事奉。我太忙，這就走了，過兩三天會再來看妳。」

虞母說著就要走，王大常命僕人備馬送她，她却說住得很近，不必麻煩，就出門去了。

小翠好像也不傷心媽媽走了，逕自由箱篋中翻找些玩藝花樣來玩。王夫人看她乖巧可愛，也樂得合不攏嘴。

過了幾天，虞母也沒再出現。王夫人問小翠究竟家住哪裡，小翠也說不清楚。於是王大常夫婦便自作主張，爲小倆口佈置了新房，成親完畢。

鄉裡親友們聽說王大常撿了個貧家女作媳婦，便偷偷在背後指指點點。等見了小翠乖巧懂事，美艷過人，才驚爲天人，不再取笑她。

王大常夫婦其實有些擔心小翠聰慧過人，可能會嫌棄王元豐又痴又傻。但看她每天和元豐嘻嘻哈哈的，好像一點也不在意，心中不由得對小翠更加疼愛。

小翠非常活潑好動，她喜歡用布滾成一個圓球，然後穿著小皮靴將布球踢到老遠，再叫元豐和婢女去輪流撿球。元豐和婢女跑來跑去，忙得汗流浹背，她則在一邊樂得哈哈大笑。

有一天，王大常偶爾來到後院，小翠等人正在玩踢球遊戲。僕人們見到大老爺來了，全都肅然起敬，不敢再動。只有公子元豐理也不理父親，還是追著球跑來跑去。結果一個圓球碰的一聲，剛好打中王大常的面孔。王大常火大了，撿了個石頭往元豐一丟。元豐被石頭打著，覺得痛了，才跌在地上哭啼。

王大常氣沖沖地跑回家責怪夫人管教不當，夫人又跑去責怪小翠太過放縱，小翠卻也不生氣，只是低頭微笑，用手玩弄著被角，好像沒事人一樣。等夫人一走，她又開始蹦蹦跳跳和平常一樣了。

有一次小翠用脂粉將元豐的臉塗成一個大花臉，有如鬼面具一般，夫人見了大怒，把小翠叫來大罵，她也只是低頭玩弄衣角，毫不在乎。夫人生氣了，便拿棍子打兒子。元豐哀號不已，小翠這才變臉，跪地求饒，夫人這才息怒，放他們回房。

小翠笑嘻嘻地拉著元豐進入房中，替他拍拍衣服上的灰塵，又爲他拭去眼淚，揉揉被打腫的地方，再餵他吃棗栗，元豐這才停止哭啼，又歡天喜地起來。

小翠把門關起來，又開始耍鬧。她一會兒把元豐打扮成楚霸王，一會兒又把他打扮成沙漠中的蒙古人，她自己則穿著艷服，束著細腰，打扮成虞美人的模樣，在帳中婆娑作舞，不然就在頭上插根雉尾，叮叮咚咚撥琵琶，扮作王昭君。

整天兩個人就是這樣嘻嘻哈哈，笑鬧不已。王大常想到自己兒子是個白痴，就不想太過責備媳婦。偶而聽到他們在屋中大聲笑鬧，也就睜一隻眼閉一隻眼算了。

跟王大常住同個巷子的另一位王姓官員，官至給諫，兩家相隔十餘戶，卻因爲個性不合，從不互相來往。剛好碰上三年一次的吏政大考績，王給諫平時就忌妒王侍御掌握大權，就想找個機會中傷他，好讓他下台了事。王大常知道他的奸計，却不知如何是好。

一天晚上，王大常比平時早一點就寢，沒看到小翠頭戴著宰相的帽子，又剪了些素絲當作鬍鬚，再叫兩個婢女穿著公僕的藍布衫，偷偷騎著馬出門去了。

她在路上說：

「我要謁見王先生去了。」

等馬匹走到王給諫家門時，她又故作生氣狀，鞭打隨從說：

「我要見的是王侍御，怎麼帶我到王給諫家來了！」

她又騎著馬奔回自己的家。門口的僕人以爲眞的是宰相來了，便急急叫老爺起身迎接。王大常匆匆著裝出門，才知道又是媳婦搞的鬼，不禁大怒，罵夫人說：

「人家才正在挑我毛病，這下又把這閨閣之內的醜事登門告知，我看大禍不遠了！」

夫人也生氣，跑去罵小翠。但見她罵也不怕，一逕兒笑嘻嘻的。夫人想打她又不忍心，想要把她休了，趕出門，又擔心她無家可歸。夫妻倆爲此傷神了一夜。

當時的宰相是權傾一時，誰能巴結上他便可謂一步登天。當晚小翠所假扮的官人模樣就跟眞的宰相一般，連王給諫也被矇混了，又聽說宰相進入王侍御家後到半夜都沒出來，心中便懷疑王侍御與宰相之間有私交。

第二天早晨，王給諫問他：

「昨天夜裡宰相大人到您家拜訪了？」

王侍御以爲他在開玩笑，一臉通紅答不出話來。王給諫看了更以爲眞，從此不敢動他的腦筋。

王侍御從旁聽到王給諫放過他的消息，心中才明白是媳婦立了功勞，不禁對她另眼看待。過了一年，宰相被免職了，剛好他寫了封私人的信函給王侍御，信差却誤投給王給諫。王給諫一看大喜，知道賺錢的機會來了，就輾轉託了一個和王侍御相好的官員，要他私下拿出一萬兩金子來交換這封信。王侍御不肯，王給諫就親自去他家。王侍御只好匆匆穿上官服相見，正在忙亂之間，王給諫就嫌他動作慢，毫無禮貌，打算走人。忽然看到王侍御的兒子穿著王公貴族的衣服被一個女子推出門來，看到王給諫嚇了一大跳，女子才大笑著出來拍拍他，又把他一身官服脫掉，兩人一塊走開。

等王大常穿戴完畢，出得廳堂，王給諫早已走得不見人影。他問是怎麼回事，家人告訴他實情後，不禁大哭說：

「這媳婦眞是禍水呀！等著看我們全家被抄斬吧！」

王大常拿著枴杖和夫人來到兒子房門口，對著緊閉的房門大罵，小翠也不應聲。王大常更火大了，用斧頭砍門，小翠才笑著說：

「公公別氣了，有媳婦在，刀鋸斧砍，媳婦自然能承受得了，絕不會遺害雙親。公公氣得砍門，是想殺媳婦以滅口嗎？」

王大常聽了，知道自己說不過她，這才停止。王給諫回去之後，果然向皇上彈劾王侍御圖謀不軌，同時呈上小翠所製作的官服作證據。皇上一驗視，所謂官服不過是麻莖、破布所組合成的。皇上認爲王給諫有誣蔑之嫌，又召元豐來詢問，看他憨態可掬，不禁笑說：

「這小孩還眞是天子命呢！」

案情就轉入司法部審查。王給諫不服，又上訴說王侍御家有妖怪。司法部便前往審視，每天只見顛婦痴兒，日事戲笑，鄉里也沒有見過什麼怪事，於是結案，王給諫被發派到邊疆充軍。

王大常從此對小翠起了疑心，又因爲她母親從沒出現過，心裡便懷疑媳婦恐怕是妖精。他派夫人去探口風，小翠却只笑著說：

「媳婦是玉皇大帝的女兒，媽媽難道不知道嗎？」

過了沒多久，王大常又升官至京卿，當時他已五十多歲，一直遺憾沒有孫子可以頤養天年。小翠和元豐結婚三年，夜夜各睡一床，似乎從沒有親密行爲。夫人就叫人搬走一張床，讓小翠和元豐同睡一床。過了幾天，元豐就向母親告狀了：

「媽媽把床搬走，不肯還我。害我每天睡覺，小翠的脚都壓在我肚子上，讓我喘不過氣來！」

婢女們聽了都笑成一團，母親則哭笑不得。有一天，小翠在屋子裡洗澡，元豐看了好玩就想跟她一起洗。小翠笑著阻止他，要他稍等一下。小翠洗完之後，換了一甕熱水，將元豐的袍褲都去掉，與婢女一起把元豐放入甕中。元豐覺得甕內悶熱，大喊著要出來，小翠不聽，還用被把甕口蒙住。過了一陣子元豐就無聲無息了，被子打開來看，已經死在裡面了。小翠仍然笑嘻嘻地把元豐抱到床上，拭乾他的身體，再給他蓋上棉被。

王夫人聽說兒子被悶死的事，便哭著進房：

「瘋媳婦爲什麼殺了我兒？」

小翠則坦然地說：

「白痴兒子不如沒有！」

夫人氣更大了，用頭來頂小翠，兩人扭打一團，僕人在一旁勸慰。忽然有人說：

「公子在呻吟了！」

夫人停止了打鬥，趕忙到兒子身邊查看。只見他氣喘咻咻，大汗不已，沾染被褥好一大塊。過了一陣子，汗停了，元豐突然睜開雙眼，徧視家人似不相識，開口則說：

「我現在想起從前的事，都好像在作夢一樣，究竟是怎麼回事？」

夫人聽他說話不再顚三倒四，心中大爲驚訝，便叫丈夫來試試他，結果也發現兒子變爲正常，不再是低能兒了！全家都欣喜莫名。當天夜裡，王夫人便又把他的床還給了他，想試試看到底他是眞的懂事還是假的。結果元豐進入室內，便把所有的婢女都遣走了。第二天早上一看，新的床動都沒動過，小倆口則如膠似漆，如影隨形。從此元豐變成了個大男人。

一年多後，王大常被王給諫的黨羽所陷害，免職在家。他便想拿從前朋友送的價值千金的玉瓶當作賄賂以求復職。誰知小翠看上了那個玉瓶，把玩了一會兒，一個不小心就把它給摔了個粉碎。王家夫婦正在因為免官心情不快，現在連要送去賄賂的玉瓶也給打破了，不禁對小翠交口大罵。

小翠忿忿不平地走開，對元豐說：

「我在你家保存的不只是一個瓶子而已，為什麼不給我保存一點面子？老實告訴你，我其實不是人類，因為母親遭雷霆之劫，深受你父親庇翼，而且你我又有五年緣份，所以我才來這裡報恩，一了宿願。我每天被你父母責罵，要算起來連頭髮都數不清了，之所以沒有立刻走，是因為五年期限還沒有到，不過現在看樣子是非走不可了！」

小翠盛氣而出，元豐要追回她卻已不知所終。王大常知道後悔恨不已，但也於事無補了。

元豐回到屋內，睹物思人，即使是她用的剩粉遺釵也讓他慟哭欲死。如此日復一日，他寢食不甘，日漸憔悴。王大常急急請媒人幫他再找一位妻子，但元豐不予理會，只請畫匠畫了一幅小翠的肖像放在室內，日夜祈禱。

兩年後，元豐偶爾從別的村里歸家，明月皎潔，淸景無限。元豐騎著馬經過村外的公園，忽然聽到牆內有一種熟悉的笑聲，他便停下馬來，叫僕人捉住馬韁，他登靴一望，見到二名女郎在園中遊戲，雲月昏濛，不甚可辨。

只聽到翠衣女子說道：

「死丫頭該趕出門去！」

另一個紅衣女子則說：

「妳現在是在我家庭園中，妳在趕誰走啊？」

翠衣女郎則回道：

「妳好不害羞！不能做人家媳婦，還被人趕出門，現在又要冒認物產，逞強說這是妳家院子！」

紅衣女郎也嘴硬地回說：

「總比一大把年紀還嫁不出去的老姑娘來得好！」

元豐聽得眞切，知道是小翠的聲音，便在牆頭喊：

「小翠！小翠！」

翠衣女郎聽了就說：

「暫且放妳一馬，妳老公來了！」

紅衣女郎走過來，一看，果然是小翠。小翠就幫著他爬上牆，到了園中。她摸摸他，便說：

「兩年不見，只剩一把瘦骨頭了！」

元豐握著她的手，眼淚就垂下來。他向她略述相思之情，小翠便說：

「我也知道你的心意，但是實在沒有臉再回去了。今天和大姊在這兒玩，沒想到又碰見你，可見姻緣天註定，一點也逃不了。」

元豐要她回家，她不肯。元豐便要求留在園中陪她，她才答應。於是元豐派遣僕人向夫人回報。

王夫人原本已經入睡，聽到兒媳婦的消息立刻驚起，乘著轎子便來到園中。見到小翠之後，王夫人涕泗交流，力白前過，幾不自容。她流著淚對小翠說：

「如果妳不記前嫌，就請跟著我回去。我和妳公公年紀也大，活不了幾年了。」

小翠硬是不肯。夫人又擔心野亭荒寂，應該多用幾名僕人，小翠只說：

「其他人我都不想見，只有從前二個婢女朝夕相處，還有點捨不得她們。此外，門口就一個老僕應門就行了，其他都不用麻煩了。」

王夫人便全照她的話做了，就當兒子在園中養病，每日供應飲食而已。

小翠經常勸元豐另外再結婚，但元豐始終不聽。過了一年多，小翠的眉目聲音都漸漸與往昔不同，拿出以前的畫像來對照，簡直是判若兩人，不禁大爲訝異。小翠便問他：

「你覺得我現在和以前比起來怎麼樣？」

「現在看起來美還美，但是就覺得以前比較好看。」

「那你的意思是嫌我老了？」

「二十多歲而已，哪那麼快老的？」

小翠笑而不答，只把那張畫像拿過來燒了，等元豐要滅火時已剩一堆灰燼了。

有一天，小翠對他說：

「從前在家的時候，婆婆就常罵我死也生不出個兒子來。現在父母親年紀大了，你又孤伶伶一個人，我實在也生不出孩子來，怕耽誤你的香火繼承，請你還是娶一個新婦在家裡，早晚侍奉翁姑，你來往於兩邊，也不會不方便。」

元豐終於答應了，便向鍾太史家下聘，迎娶鍾家女兒。小翠便爲新人製作衣服，送到翁婆家。等新人入門時，只見她言貌舉止與小翠一模一樣，全家人都嚇了一跳。元豐趕回庭園一看，小翠早已不知去向。問婢女，婢女只拿出小翠的紅巾說：

「娘子暫時歸寧，留下這個給公子。」

元豐打開紅巾，是一塊半環的翠玉，心知她一去不返，便帶著婢女歸家。此後終生，他望著貌似小翠的鍾家女兒，心裡才漸漸明白過來，小翠爲了他變換容貌，自己的一生皆爲小翠所賜，而他所能回報的却只是那一縷脆弱得幾乎難以察覺的相思之情。

【之十一】

長亭

知禮卻難以兩全，孝順的女人

長亭對石大璞說：「我是為你父親而來，難道你不能為了我母親而放我走？」

石大璞只好答應了。

長亭叫奶媽把兒子抱開，流著淚出門。

長亭數年不返，父子二人也漸漸淡忘了她……

「碰！碰！碰！」

門外有人在敲門，聽聲音就知道極為急促，一定又是什麼人要來請抓鬼的了。

「生平不作虧心事，夜半不怕鬼敲門。」

石大璞口中叨唸著，一邊起身開門。只見一位老頭子站在門口，神色倉皇。

「請問是石先生嗎？我帶了黃金五十兩，請先生捉鬼！」

「這位大叔，先別急，先告訴我什麼狀況再談錢都來得及。」

「是這樣的，我女兒被鬼附身，就快死了！一定得先生親自出馬。」

「快死了？」石大璞皺皺眉頭，「快死了請我也不一定有用哦！這樣吧！我先跟你去看看。費用呢，等抓著了鬼再說。」

石大璞便和這位自稱是翁老頭的人走了。住在這附近的人都知道石大璞有特異神功，他從小喜歡神異之事，有一天遇見一位道士，欣賞他的慧根，便收他為弟子。道士由牙籤中抽出二個卷宗來，告訴他上卷是驅狐用的，下卷是驅鬼用的，他選了驅鬼用的。道士便傳授秘訣給他，並告訴他：

「虔奉此書，衣食佳麗皆有之。」

石大璞又問他姓名，他說：

「我是汴城北村元帝觀的王赤城。」

自得師傅傳授後，石大璞更精於此道，來委託他抓鬼的人也踵接於門。

石大璞跟著翁老頭走了十餘里路，入山村，至其家，只見廊屋華好，顯然是殷實之家。石大璞跟入室內後，看到一位少女躺在紗帳中，婢女已用鉤子把紗帳拉開。石大璞看那名女子年十四、五歲，勉強支撐著身體，形容已經枯槁。石大璞靠近她一看，她突然張開眼睛說：

「良醫來了！」

全家都十分驚喜，說她已經好幾天都不說話了。

石大璞出了臥房，詢問老翁什麼病症。老翁說：

「白天看到一個少年進來，和女兒共寢，等去捉他的時候又不見了。但是過了一下子，他又出現了，恐怕是鬼！」

石大璞皺皺眉說：

「如果是鬼，驅之非難。如果是狐，我就一點辦法也沒有了。」

翁老頭搖搖頭說：

「絕不是狐，絕不是狐！」

石大璞便拿個符咒給翁老頭，要他掛起來。當天晚上，石大璞住在翁老頭的家中，夜半時分一位少年衣冠整肅地進來，石大璞懷疑是主人的眷屬，就問他是誰。少年回答說：

「我雖是鬼，可是翁家人全是狐，也好不到哪裡去。我因爲看上他的女兒紅亭，才到這裡來，現在既然你來了，就暫時停止一下。鬼狐其實一家親，無關個人陰德，你又何必護狐驅鬼？紅亭的姊姊長亭，光艷尤絕，我將她留給你，如果翁老頭將她許配給你，你才爲他全家驅鬼，到時我自會走路，不勞費心。」

石大璞答應了。當天晚上，少年就不再出現，紅亭也醒了。天亮後，翁老頭心情歡喜，便請石大璞入內查視。石大璞焚燒舊符，再幫紅亭把脈。不經意間看到繡幕之間有位女郎麗若天人，心知必是長亭。石大璞診斷完畢，便想要點水灑在帳上。那位美女便急急捧了碗水給他，行動之間意動神流，石大璞被她吸引，早已把什麼捉鬼大業全忘在九霄雲外。

石大璞出了翁家之後，假託要上山採藥，一去就數日不返。翁家又開始鬧鬼，除長亭外，子婦婢女俱被淫惑。翁老頭又命僕人騎馬到石大璞家請大師捉鬼。石大璞聲稱自己有病去不了。

第二天，翁老頭又自己來了。石大璞故作生病狀，扶杖而出。翁老頭便問他怎麼回事，他回道：

「眞是鰥夫難爲呀！昨天晚上叫丫頭備個湯婆子溫脚，笨手笨脚的就把水濺出來，兩脚都燙傷了。」

翁老頭問他：

「你爲什麼不續絃呢？」

石大璞暗示著說：

「只可惜找不著像你家那樣嫺慧的女兒爲妻呀！」

翁老頭沒有回答，默默走開。石大璞送他到門口說：

「病好了我馬上就去，不用再麻煩你親自跑一趟了。」

又過了幾天，翁老頭又來了，石大璞仍然跛著脚見他。翁老頭三言兩語慰問一番，就告訴他：

「我昨天與老婆說過了，你如果幫我們把鬼趕走，全家安寧，我願意把大女兒長亭嫁給你。她今年十七，也該出閣了。」

石大璞喜出望外，頓首於地，並說深蒙厚愛，區區病體何足掛齒，可立刻前往。於是石大璞立刻出門，與翁老頭一起騎馬回家。進入翁家之後，石大璞看看那位鬼少年已走了，便怕翁老頭反悔，而要求與翁老太太作個約定。老太太立刻出來說：

「先生爲何如此多疑？」

她立刻將長亭所插的金釵交給石大璞作爲信物。石大璞與翁母談過話之後，便徧集家人，爲她們一一祓除病魔。只有長亭沒有露面，石大璞便寫了一個佩符，要家人拿給她。當天夜裡，全家寂然，鬼影盡滅。只有紅亭仍在吟呻不已，石大璞在她身上灑了點法水，病情馬上便減輕了。石大璞準備走了，翁老頭殷勤地挽留他。當晚，翁家擺出盛餐宴請石大璞，一直到夜半時分，主客才盡興而別。

石大璞回到家中，才剛剛就枕，就聽到門外「碰！碰！碰！」的敲門聲。他急急起身開門，竟是長亭。只見她氣急敗壞，神色倉皇地說：

「家人帶刀殺來了，你快跑吧！」

說完這話，長亭轉身就走。石大璞嚇得臉色發白，立刻翻牆而出，四處亂跑了一陣子，看到有火光便跑過去，原來是鄉里人夜晚在打獵。石大璞高興地加入了夜獵的陣營，一直到結束才回家。他對翁家雖然心懷怨恨，却又無計可施。他想了想，要到汴城去找師父王赤城，但家中有老父，生病已久，需要他照顧，因此左右爲難好一陣子。忽然有一天，兩輛馬車來到家中，原來是翁家將長亭送來了。他們還問：

「那天晚上回去後，怎麼就不再聯絡了？」

石大璞見了長亭，怨恨就全消了，也就不再提過去的事了。翁母催促兩人結拜成親，禮成之後，石大璞要設宴請岳父母，翁母辭謝說：

「我不是閒人，沒時間吃酒席。我家老頭子胡里胡塗，如果有什麼地方得罪了，還請你看在長亭的份上多擔待點！」

翁母便登車而去。原來當晚翁母並不知道丈夫有殺婿之謀，等丈夫出外追殺不得回來之後，翁母才明白，心中很不高興，就和丈夫吵了起來。長亭也每天哭個不停，飯也不肯吃了。所以這次會送長亭來，其實並非翁老頭的本意，而是逼不得已。

長亭出嫁二、三個月，翁家便來催女兒歸寧。石大璞知道長亭這一去就不會再回來了，就禁止她回去。長亭偶爾想家，就會哭哭啼啼一陣子。過了一年多，生了一個兒子，叫慧兒。石大璞買了一個奶媽來餵他，可是兒子好哭，每天晚上一定要跟著母親不可。

一天，翁家又派了輛車子來，說是翁母想念女兒，要她回去一趟。長亭看到馬車就哭了起來，石大璞不忍心再爲難她。長亭想抱著兒子一起回去，石大璞不准，於是長亭便一個人走了。

走的時候，長亭跟石大璞約好以一個月爲期限，誰知過了半年仍毫無音訊。

石大璞派人去查探，結果竟撲了場空，屋中早已無人居住。

再過了兩年，石大璞望想都絕，而孩子終夜啼哭，石大璞每天寸心如割。更不幸的是石父又病死了，更增添哀傷之情。他每天病憊不已，幾乎不能招呼前來弔喪的親朋好友。正在昏憒之間，忽然一名女子穿著孝服，哭泣著走進家門，一看竟是長亭。石大璞心中大悲，一慟而絕。家人驚呼不已，長亭則流著淚輕輕拍撫他，過了好一陣子，石大璞才漸漸甦醒。他心中以為自己已經死了，看到長亭竟以爲相聚於冥中。長亭流著淚說：

「你還沒有死啊！我不孝，不能討嚴父歡心；回家三載，又對你負心。幸而全家人經過此地，才聽到公公的死訊。我遵嚴命斷絕了兒女私情，卻不敢因此而失了翁媳之禮。我這次來，母親知道，父親還不清楚呢！」

她說著兒子已把手伸向她，要她抱了。長亭摟著兒子，又忍不住哭了：

「我有父，兒無母呀！」

慧兒也跟著哭起來，全室掩泣不成聲。過了一會兒，長亭才起身，整理家務，靈堂前的牲禮也都準備得整整齊齊。石大璞心中大感安慰，知道妻子不會走了。他便想起身幫忙，誰知病久急切不能起，長亭便請親戚幫忙款待弔客。等喪禮完畢後，石大璞才能拿著枴杖起身，並和長亭討論喪葬事宜。

等父親的葬禮過後，長亭就表示怕父親責怪，要回去了。但是丈夫和兒子都不肯放她走，全家又哭成一團。過了沒多久，有人來傳話說長亭的母親病了，要叫她回去。長亭就對石大璞說：

「我是爲你父親而來的，你難道不能爲了我母親而放我走？」

石大璞只好答應了。長亭叫奶媽把兒子抱到別處去，自己流著淚出門而去。長亭去後，數年不返，父子二人也漸漸淡忘了她。

一天，石大璞因爲天氣悶熱便打開窗子，忽然長亭由窗中飄忽而入。石大璞嚇了一大跳，問她怎麼回事。長亭戚然坐在床上，嘆息著說：

「生長在閨閣之中，視一里爲遙，今一日夜而奔千里，累死了！」

石大璞再追問她，她欲言又止。石大璞又再問，她才哭著說：

「我今天跟你說的事，恐怕會被你笑話。前幾年我家搬了，借住在一位姓趙的鄉紳家中。我家與他家相處不錯，父親就把紅亭許配給趙家的兒子。趙公子個性放蕩，家庭不和睦，妹妹回家告訴了父親，父親就不准她走，半年都沒回家。趙公子氣了，不知從那裡聘請了一位惡人來，用鎖鉤把老爸抓去，全家嚇壞了，現在都四散飛逃，不知去向了。」

石大璞聽了，雖然明知妻子悲傷，仍忍不住大笑起來。想到不可一世的翁老頭也有這麼一天，更覺痛快。長亭卻生氣了：

「他雖然不仁，畢竟是我的父親。我和你結婚以來，相親相愛，從沒有吵過架。現在我家破人亡，百口流離，即使你不為我父親傷心，是不是也該替我著想一下？聽到別人的困難你就興災樂禍，更不安慰一下，眞是不夠義氣！」

長亭拂袖而出，石大璞要追她回來向她謝罪，但人已杳然。石大璞心中悵然自悔，心想這下可眞的絕裂了。

沒想到過了二、三天，翁母與長亭一起來了。石大璞驚喜地慰問她們，她倆卻伏地大哭，長亭說：

「我負氣而去，却又回過頭來求你，哪還有臉見人呀！」

石大璞勸慰她說：

「岳父固然對我不好，但岳母對我恩重如山，妳對我也有情有義，這些我絕對都忘不了。然而興災樂禍不過人之常情，妳又為什麼不能忍一忍呢？」

長亭這才告訴他：

「我在回家的途中遇到母親，才知道把父親抓走的道士是你的師父。」

「如果眞是這樣，倒好辦。問題是，如果妳父親不回來，妳家就父女離散了。如果他回來了，我家則妻離子散。」

翁母及長亭都向他表示這次絕不會忘恩負義，一定會如他所願。於是石大璞才起身準備。他到了汴城找到了元帝觀，王赤城也才剛剛回來。

石大璞走進觀中，四處看看。王赤城懷疑地問他：

「什麼風把你吹來的？」

石大璞看到廚下綁了一隻老狐，前爪被綁起來丟在那兒。他笑著說：

「弟子是爲這隻老狐狸精來的。」

王赤城又追問他，他才說：

「這是我的老丈人。」

他把詳情告訴了王赤城。道士却因爲老狐狡詐，不肯輕釋。石大璞拚命哀求，他才勉強答應。在石大璞詳敍兩家因由時，老狐塞身入竈，似乎一臉慚愧的表情。

道士笑著說：

「哼！這隻老狐還記得有羞恥之心呢！」

石大璞將老狐牽住，用刀切斷一根繩索抽打牠。老狐痛極露出齒齦，石大璞便停了一下，笑問他：

「岳父覺得痛的話，不打了好嗎？」

老狐的雙眼閃爍，似乎很不高興的樣子。過了一會兒，石大璞把他放了。老狐便搖著尾巴出觀而去。

石大璞便向師父辭行，回家去了。三日前，已有人回去報告翁老頭被釋的消息，於是翁母先回，留下長亭等待石大璞回家。長亭跪在地上迎他，他將長亭扶起來說：

「妳只要沒有忘了我們夫妻之情，我就十分感激了。」

長亭告訴他：

「現在父母又搬回舊家住，離這兒很近，可以常常互相聯絡。我想回去省親，三天就回來，你相不相信我？」

石大璞回答說：

「慧兒生下來沒多久就沒有了母親，我日日鰥居，有妻子跟沒妻子一樣。我們兩個早已習慣了。我可不像趙公子以德報怨，但我能爲妳做的也都做到了。如果妳不回來，是妳負我。就算住得再近，我也不會再去找妳。有什麼好相信不相信的？」

長亭便回家了。過了二天，她竟然就回來了。石大璞問她爲什麼這麼快？她說：

「父親念念不忘你在汴城時曾戲弄他，每天絮絮叨叨說個不停，我聽了嫌煩，就早點回來了。」

從此之後，長亭便安住家中，偶爾和母親、姊妹們來往聯絡，但岳父和女婿之間從不互相往來。

【之十二】

芸娘

經不起玩笑戲弄，剛烈的女人

王桂菴告訴芸娘：
「家門日近，我也保密不了多久。
其實家中已有妻子，就是吳尚書的女兒。」
芸娘不信，王桂菴就將前妻容貌舉止形容一番，
芸娘臉色立刻變了，沈默一會兒，
起身投入江中……

煙雨江南，景色迷離。世家子王桂菴泊舟江岸，陶醉在這一片山清水秀中。忽然他轉頭看到鄰舟有一個漁家女，坐在船艙中繡花鞋，風姿韻絕，令王桂菴如痴如醉。

漁家女彷彿對王桂菴的凝視毫無所覺，自顧自地繡花。王桂菴便吟誦著「洛陽女兒對門居」的詩句，好叫那女孩聽見。那女孩聽了似乎知道是衝著她來的，便微微抬起頭斜睨了他一眼，又低下頭繼續繡花。

王桂菴這下覺得非有所行動不可，便拿了一枚金錠往她身邊一擲，金錠落在她衣襟上。漁家女撿起來，好像不當一回事，便又把它拋回岸邊。

金錠落到岸邊，王桂菴撿了起來，又換了一根金釧往她身邊丟去。女孩自顧自繡花，當作沒看到落在腳邊的金釧。過了一會兒，漁夫回來了，王桂菴心裡乾著急，怕他看到金釧會東問西問，誰知道女孩從容地用雙腳把金釧遮住，於是漁夫解纜，小舟便順流而去。

王桂菴心情悵惘，痴坐岸邊。當時王桂菴娶妻未久，妻子便死了，因此非常後悔沒有立刻和漁家女訂下婚約。他轉頭向其他的漁家打聽剛才船上是何人，但沒有人認識他們。於是王桂菴叫自己的船夫急急追趕，但早已不知所終。不得已他只好乘舟而回，把事情辦完再回家。回去的途中，他沿江細訪，皆無音訊，一直到家中之後仍然戀戀不捨。

過了一年，王桂菴又到南方工作，就在當年見到漁家女處買了一艘船，當作暫時的住所。他每天細數行舟，來往千帆皆熟認了，唯獨沒見著那艘獨特的小舟。王桂菴在船家住了半年，錢全花光了，只好又回家。每天在家裡行思坐想，無法定下心來。

一天夜裡，王桂菴夢到自己來到一個江邊的村子，走過幾個門口，看到一家柴扉向南，門內疏竹爲籬，看起來像是亭園的樣子，便自己走進去了。

園中有一株夜合花，紅絲滿樹，王桂菴心想詩中有一句「門前一樹馬纓花」，應該就是指這種花了。又過了一個地方，是用光潔的蘆葦圍起來的籬笆，進去裡面，便是三棟房子坐落在北邊，雙扉都緊閉著。南邊則有棟小房子，紅蕉蔽窗，王桂菴探頭一看，門口是個衣架，一件畫裙掛在上面，心知是女孩子的閨房，立刻退出。但裡面的人已經聽到他的腳步聲，便跑出來看，一張臉粉黛微呈，便是舟中的漁家女。王桂菴喜出望外，說：

「我們也有相逢的一天啊！」

剛好漁家女的父親回來了，王桂菴嚇了一跳，才知道是一場夢，但景物歷歷，如在目前。他就把這個夢放在心裡，不肯對人說，深怕說了這個夢就無法成眞了。

後來又過了一年多，王桂菴再往南邊去。遇到一位世交徐太僕，應邀到他家飲酒。王桂菴騎著馬信步而去，沒想到却誤入小村，道途景色彷彿熟悉得不得了。一扇門內有一株馬纓樹，看來就如同夢中景色。他嚇了一跳，走入園中，只見種種物色皆曾相識。等再進入，就看到夢中所見房舍，於是他直接朝南邊的那棟房子走去，舟中人果然在其中。

漁家女見到王桂菴，嚇得躲在門窗後面，叱問他是何方男子。王桂菴逡巡其間，猶疑是夢，漁家女聽他脚步走進，便碰的一聲關上門。王桂菴問道：

「妳不記得那年在江邊向妳丟金釧的人了？」

王桂菴向她備述相思之苦，以及自己曾經做過的一個夢。漁家女則隔著門窗審問他的家庭背景。王桂菴據實以報之後，女孩又說：

「你既然是大戶人家子弟，家中必然已有妻子，何必再來找我？」

王桂菴苦惱地回道：

「如果不是因爲妳，我早已結婚了。」

漁家女這才開口道：

「如果眞照你所說，那我就相信你的眞心。但是我的心情難以對父母啓齒。

我只是已經違背父母之命，拒絕了好幾家的提親。你的金釧我還留著。我想如果你對我有意思一定會來找我。現在我父母剛好外出到親戚家，馬上就會回來。你先回去，請媒人來說媒，一定會成的。如果是想偷雞摸狗，做些不可告人之事，那就不必了。」

王桂菴聽了立刻要走，女孩又遙遙告訴他：

「王公子，我叫芸娘，姓孟，父親字江蘺。」

王桂菴記下來便走了。他到徐太僕家吃完酒宴便匆匆趕到孟家提親。孟江芳迎接他坐在籬下，王桂菴便告訴他自己的家世以及來意，並拿出百金當作聘禮。孟江蘺說：「謝謝你的好意，可惜我女兒已經訂了親。」

「我打聽過你女兒還在待聘之中，爲什麼拒絕我？」

「就是你來之前才答應的，絕不會騙你。」孟江蘺也不客氣地回道。

王桂菴神情黯然地道別了孟家，心中半信半疑，整夜輾轉難眠。王桂菴實在找不到人可以作媒，想告訴徐太僕又怕被他笑娶漁家女爲妻，可是眼前實在無人可託，只好第二天向徐太僕說明原委。徐太僕好奇地說：

「孟江蘺和我家有關係，他是我祖母的嫡孫，你爲什麼不早說？」

王桂菴只好把心中的疑慮說出來。徐太僕又奇怪了：

「江芳固然貧窮，卻還沒聽過他以操舟爲業，是不是弄錯了？」

於是徐太僕叫兒子大郎去請示孟江蘺。孟江蘺這才說了：

「我孟江蘺雖然貧困，卻沒窮到要賣女兒。昨天王公子帶著黃金來說媒，以爲我會爲之所動，我就是因爲這樣才不敢把女兒許配給他。現在既然是徐先生來作說客，必然不會有錯。但是我女兒個性好強，再好的門戶也被她挑剔。我不得不跟她商量一下，以免以後怪我把她嫁到那麼遠的地方去。」

孟江蘺走回屋內，過了一陣子才出來，向徐大郎表示同意，並約好了婚期。

徐大郎回家報告了訂親之事，王桂菴立刻準備衣妝禮品聘金，到孟家迎親。

在娘家住了三天，王桂菴便帶著芸娘北歸。夜晚住在舟中，王桂菴問芸娘說：

「以前我在這裡碰到妳，就覺得妳不像個漁家女，爲什麼妳會待在舟中繡花呢？」

「我叔叔家在江北，偶而借了一條扁舟去看他。我家雖然是小康之家，但從來不貪戀財錢，當時我笑你眼光如豆，丟金錠來引誘我。起先我聽你吟詩，以爲你是讀書人，後來看你丟金子，認爲你一定是個浪蕩子，專門挑逗良家女。如果當時讓父親看到你丟的金釧，一定不會讓你好過的。你看我對你好不好？」

王桂菴被她數落，便也笑著說：

「好，算妳聰明，但是再聰明也算計不過我呀！」

芸娘就追問他什麼事？他死都不說，芸娘就更好奇，非問不可。王桂菴才告訴她：

「家門日近，我也保密不了多久。其實我要告訴妳的是，我家中已有妻子，就是吳尚書的女兒。」

芸娘不信，王桂菴就將前妻容貌舉止形容一番，芸娘的臉色立刻變了，沈默了一陣子，便起身往外跑。王桂菴趕忙光著腳去追她，誰知她已投身江中，不知所終了。

王桂菴大喊，叫船夫停船。只見夜色昏濛，惟有滿江星點，那還有什麼芸娘的影子？

王桂菴哀痛終夜，沿江而下，以重金請人打撈屍首，但什麼也找不著。王桂菴悒悒而歸，憂慟交集，又怕孟父來尋女兒，便躲到姊姊家去，一年多後才又歸家。

回家的途中，正好碰到大雨，王桂菴便在一間民舍暫時歇腳。只見這棟屋子房廊清潔，一位老婦人在逗弄一個小男孩。小男孩看到王桂菴進來，就伸手要他抱。王桂菴覺得奇怪，但還是把那個秀婉可愛的小男孩抱在膝頭，老太太叫他下來他都不肯。

過了一陣子，雨停了，王桂菴便把小男孩還給老婦人，準備走了。小男孩就哭著說：

「爸爸要走了！」

老太太笑他丟丟臉，他却仍然哭個不停。老太太就把他抱進去了。王桂菴整理衣物，正準備出發，忽然看到一位美人抱著那個小男孩由屏風後出來，竟是芸娘。他才要開口，芸娘就罵他：

「負心漢！這是你的一塊肉，你要怎麼辦？」

王桂菴才知道原來是自己的兒子。他心中酸楚，來不及傾訴，只趕忙將前妻早已去世的事告訴芸娘，芸娘這才轉怒爲悲，兩人相摟痛哭。原來當年芸娘跳江時，剛好碰到這家屋主莫翁的小舟。莫翁把她救了起來，等她甦醒過來，看出她是好人家的子女，便收她爲女，帶她回家。過了幾個月，莫翁想替她招親，但都被她拒絕了。過了十個月，她生了個兒子，取名寄生。王桂菴避雨的這一天，寄生剛好滿周歲。

王桂菴這才進入莫家，拜見乾岳父。住了幾天，才一起回家。等到了家中，看到孟江蘺已在家中等了兩個月。於是一場離合終成好事。

【之十三】

臙脂

情人也就是殺手，折磨的女人

施公要人用毯子將窗戶全遮住，
讓眾人置身黑暗之中。
然後叫幾個犯人全露胸袒背，
走入暗室中。過了一會兒，
施公要眾人出來檢視，
指著其中一人說：「殺人兇手在這裡！」……

「臙脂！」

對門的王氏在叫。卞臙脂才抬起頭，就看到王氏掀開門簾走了進來。王氏是對門龔家的老婆，佻脫善謔，是臙脂閨中的密友。

其實臙脂才姿慧麗，早該出閣，可惜父親是個牛醫，想把女兒嫁入大戶人家，別人却嫌她出身寒賤，所以到已經成年，婚事還八字沒個一撇。臙脂日日在家閒坐，只偶爾和對門的王氏聊聊天，做做女紅。這一天王氏來閒聊一陣子，要走了，臙脂送她到門口，剛好看到一個美少年走過。少年穿著白衣白帽，丰采過人，臙脂的眼角餘光一直尾隨著他，似乎有些心動的樣子。王氏看出臙脂的意思，便戲弄她說：

「以妳貌若天仙，配此才子，當可無憾！」

臙脂聽了雙頰染上紅暈，默默不作一語。王氏又問她認不認識這個少年，她搖搖頭，王氏便說：

「這是南巷的秀才鄂秋隼，是已經去世的鄂舉人的兒子。我曾經和他住在同一里，所以才認識他。世間男子沒一個像他那麼溫婉體貼的。現在他穿素帶孝，是因爲老婆剛死不久。如果妳有意思，我倒是可以幫妳作個媒人說說去。」

臙脂低頭沒說話，王氏便笑著走了。過了幾天，什麼動靜都沒有，臙脂就想王氏可能沒空去，又想對方是官宦世家，可能不肯答應。左思右想，漸廢飲食，不久便病倒在床。王氏這天又來，看她臥病在床，便問她怎麼回事。她說：

「我也不清楚。只知道妳那天回去之後，我就覺得不舒服，呼吸也好像很困難，大概命在旦夕了。」

王氏聽了就小小聲地問她：

「我家老龔外出辦貨，我還沒空去向鄂公子打聲招呼。妳玉體違和，可是爲了此事？」

臙脂的臉立刻通紅，久久不散。王氏又戲弄她說：

「如果眞爲了這件事，看妳已經病成這樣，還有什麼好瞞的？我就叫他今晚先來和妳一聚，他哪會有不肯的？」

膩脂嘆息著說：

「事情走到這一步也收不了尾了。如果他不嫌我寒賤，請媒人來作說客，我的病自然就好了。如果是私下相約，斷斷不可。」

王氏看看她，也不說什麼便走了。

王氏年輕的時候和住在隔壁的一個男孩宿介自小就有男女關係。她結婚之後，宿介每聽說她丈夫外出做生意，就會來和她幽會。這天晚上，宿介又來了。王氏便告訴他膩脂的事，並笑著說：

「隔壁那個膩脂呀，老女不嫁思春囉！她前幾天看到鄂秋隼，動了凡心，想要嫁他。我說我給她說媒去，她就病了。你看這女娃兒還有個定性嗎？昨兒我還說叫鄂秋隼晚上來幽會一下，她還假裝清高，死都不肯呢！我看你還是行行好，有空跟鄂秋隼提一下，包管他樂不思蜀的！」

宿介其實早就注意到臙脂是個美女，只可惜沒有機會親近。現在一聽王氏這麼說，便知道機會來了。他想和王氏商量此事，又怕她吃醋壞事，便假裝無心，隨意問了些有關臙脂的閨房小事，當作是笑話一場。

第二天夜裡，宿介便翻牆而入，來到臙脂的房前，用手指輕輕敲窗。裡面有人出聲問是何人，宿介便答：

「鄂秋隼。」

臙脂却說道：

「我對你的心意不在一朝一夕，如果你眞的愛我，快請媒人來提親，如果只是私下苟合，恕不敢從命。」

宿介假裝滿口答應，又苦苦要求一握纖腕爲信。臙脂抵不過他苦求，便打開窗戶，宿介一躍而入，便要求歡。臙脂警覺地說：

「何來惡少？必非鄂郎。如果眞是鄂郎，其人溫馴，知道我的病情，必然十分體恤，怎可能如此狂暴？如果眞要亂來，我喊叫起來，你我二人都不會有好下場。」

宿介怕她眞的鬧起來，便不敢強迫她，只請她再約一個見面時間。臙脂就以迎親爲期。宿介還是等不及，又要求她，臙脂身體不適，不耐他糾纏，便約等病好再來。宿介又要求給他一個信物，臙脂不肯，宿介就捉住她的脚，把她的繡花鞋解開拿走了。

臙脂又叫他回來說：

「我的身心都託附給你了，我又有什麼好堅持的？我只怕出了事，損害到你我的名聲。現在我的私人小物已到了你的手中，事旣至此，絕不可能再走回頭路。如果你負心了，我就只有死路一條。」

宿介胡亂點頭答應了，攀牆而出，又回到王氏的住處。他躺在王氏的床上，心中還戀戀不忘那只繡花鞋，伸手摸了一摸，竟然不見了。他嚇了一跳，急急起來點燈，翻遍衣衫，全部不見。他以爲是王氏在戲弄他，便追問她。她笑著罵他，却開始懷疑起怎麼回事。於是宿介只好老實招出實情。王氏便拿著燭火到門外找，怎麼樣也找不到，只好懊恨回房。他倆心想幸好是半夜無人，大概掉在路上了，明天還可以找到。結果第二天早上，兩人走到巷弄中尋找，依然沒有踪跡。

原來前一天晚上，巷子中有一個叫毛大的小混混，遊手好閒，經常四處鬼混。他一直想和王氏親近，但王氏始終不理他。他知道宿介與王氏私下有來往，就想拿這個作要脅，要王氏就範。

這天晚上，毛大經過王氏家門，推了推，竟然開了。毛大便偷偷來到王氏臥房的窗外，不小心踏到一物，軟若棉絮，撿起來一看，竟是一只女子的繡花鞋。然後他伏在窗外，偷聽到宿介談起偷襲臙脂的事，心中大喜，便抽身而出。

過了幾天，毛大便攀牆到卞家。因爲地形不熟，不小心便闖到臙脂的父親，卞老頭的房間去了。卞老頭由窗中看出是名男子，聽他胡言亂語的，就知道是爲了臙脂而來。卞老頭心中大怒，提了把刀子便殺出來。

毛大嚇了一跳，趕忙逃走。見卞老頭追近了，一急之下又爬不上牆壁，只好返過身來奪刀。這時卞母也起身了，大喊：

「有賊啊！」

毛大更急了，三兩下便將卞老頭砍死了。臙脂在屋中才覺得病好了一點，就聽到屋外大吼大叫。她便拿出火燭查看，才知道父親的頭已經裂開，不能言語，過了一會兒就死了。

卞母在牆下撿到一只繡花鞋，一看就知道是臙脂的東西，便逼問原委。女兒哭著告訴母親實情，但不忍拖累王氏，只談到鄂生來訪的事。

第二天，卞母到官府提出告訴，於是鄂秋隼便被逮捕。鄂秋隼爲人謹訥，年十九歲，見到客人仍羞澀如童子。當他被官府抓起來時，嚇得說不出話來，更別說上堂應訊了。官府以爲他眞是惡賊，只不肯招，便橫加虐刑，鄂秋隼不堪痛苦，便屈打成招。

案情又往上訴，縣令也認爲鄂秋隼必是殺人犯。鄂秋隼想與臙脂對質，見了面，只見臙脂劈哩叭啦將他罵了一頓，他又張口結舌說不出話來。如此翻來覆去，歷經數位官員，都無法翻案。

後來有一位吳南岱作了縣長，一見鄂秋隼就覺得他不是個殺人犯，便派人私下質問他，才知道原來是冤枉的。吳南岱籌思數日，開始重新審問。

吳南岱先問臙脂，與鄂秋隼訂約時有沒有人知道？臙脂說沒有。他又問，第一次見到鄂秋隼時，旁邊有沒有人？她也說沒有。

於是吳縣令又把鄂秋隼叫來，好好的問他，他才說：

「我曾經走過臙脂家門口，只見到王氏和另外一名少女，王氏因爲和我是舊日鄰居，所以認識。當時並不知道另一位少女是臙脂，只是急急走過，根本沒有說話。」

吳公就再叫臙脂出來問：

「妳剛才說第一次見到鄂秋隼時，身邊沒有別人，爲什麼現在出來一個王氏？」

吳公就要加以刑責，臙脂害怕了，就說出來：

「是有王氏在一邊，可是她和這件事一點關係也沒有。」

吳公問明白了，便拘王氏到案。王氏到官之後，吳公不准她與臙脂通話，立刻問審。

「王氏，殺人者誰？」

「民女不知。」

吳公便騙她說：

「臙脂已經招供。妳知道是誰殺了卞老頭，爲何藏匿不報？」

王氏大呼道：

「冤枉！那個賤婢自己想男人想瘋了，我雖然說是想幫她給鄂秋隼說媒，但是也只不過說說罷了。她自己勾引奸夫入房，我怎麼會知道呀？」

吳公仔細詰問，王氏才說出前後相戲之詞。吳公再招臙脂上堂，大怒問道：

「妳起先說王氏毫不知情，爲什麼現在有撮合之言？」

臙脂便哭著說：

「民女不肖，害父親慘死，訟訴不知何年結案，又拖累他人，實在是於心不忍。」

吳公又質問王氏有沒有告訴任何人想爲臙脂作媒之事。

王氏說沒有。

吳公便怒道：

「夫妻在床，應該是無話不說，怎麼說沒有？」

王氏就稱自己丈夫在外謀生，久未歸家。

吳公仍追問不捨說：

「凡是戲弄人者皆笑人愚昧，以顯現自己聰慧。豈有不向別人提此事之理？妳要騙誰？」

吳公說著就要下酷刑夾十指，王氏不得已，只好供出曾與宿介說過這件事。於是吳公提拘宿介到案，宿介供稱自己不知情。

吳公用嚴刑拷打，宿介才供出來，他曾假扮鄂秋隼欺騙臙脂，但丟了繡花鞋之後就不敢再去，殺人更不可能做了。吳公怒聲喝道：

「會攀牆的人什麼不可能做出來？」

吳公又用嚴刑拷打，宿介受不了酷刑，只好招了。鐵案如山，宿介只等秋決時分到來，性命就了。

宿介家人不肯干休，向當時聞名的施公提出上訴。施公招宿介來審問，看他語言愴惻，自稱冤枉，於是施公反覆思索，不禁拍案說：

「此生冤枉！」

於是臙脂案重新再審。施公問宿介遺失的鞋子在哪裡，宿介回答忘了，只記得叩王氏的房門時仍在袖中。施公再問王氏，除了宿介之外，還有幾個姦夫。王氏答稱並無他人。施公說：

「淫亂之人，怎可能專情一人？」

王氏便說：

「民女與宿介自幼相好，因此一直保有往來。後來也有些登徒子向我挑逗，但我都沒有理他們。」

施公便要她招出來是些什麼人。王氏便說：

「同里有一個毛大，他老是找我麻煩，但我每次都拒絕他了。」

「為什麼忽然變得三貞九烈了？」

施公不信，抓她出去拷打，王氏力辯實在冤枉，連頭都碰出血了，施公才放了她。之後又問她：

「妳丈夫不在家中，難道沒有別人借故來找的？」

「是有一、二個人，不是來借錢就送東西，找藉口來過我家。」

施公便問出這些人名，都是些街頭小混混，於是一併把毛大等人捉來，集中起來，帶到城隍廟裡，要他們都跪在堂上。施公說：

「昨晚夢中有神仙告訴我，殺卞老頭的人不出你們這四、五個人。現在面對神明，不得有妄言。如果肯自首，尚可原諒；如果不肯實話實說，查出來之後殺無赦。」

跪地四、五人同聲喊道：

「小人冤枉，絕無殺人之事！」

施公又將刑具放在衆人面前，讓衆人赤髮裸身，接受刑罰。幾個人同聲喊冤，施公便又放開刑具，對他們說：

「既不招供，鬼神自會指證殺人犯是誰。」

施公要人用毯子將窗戶全遮住，讓衆人置身一片黑暗之中。然後叫幾個犯人全露胸袒背，走入暗室之中。同時要人拿了個盆子，要大家進去之前洗洗手。然後叫每個人面壁勿動，因爲鬼神會在殺人者背上寫字。

過了一會兒，施公要衆人出來檢視，便指著毛大說：

「殺人兇手在這裡！」

原來施公先找人用泥灰塗滿牆壁，又讓衆人用煙煤洗手。殺人者怕鬼神來背後寫字，便把背靠在壁上，所以沾染上泥灰。等走出來時，又用手護著背所以有煙灰的黑色。施公相信一定是毛大所爲，加以毒刑，毛大便盡吐其實。

臙脂案結了之後，傳誦一時。自吳公揭露鄂生冤枉之後，臙脂與鄂秋隼下堂相遇，滿臉通紅，眼中含淚，似乎滿含痛惜之意，但又開不了口。鄂秋隼感受到她的眞情，心中也十分愛慕，但因她出生低微，而且日登公堂，爲千人所指，恐怕娶回家之後遭人取笑，因此日夜縈迴，無以自主。一直到全案了解，找出眞兇，鄂秋隼才安心託媒，將這位曾經要將他置之於死地的臙脂娶回了家。

【之十四】

細侯

不惜殺子以全舊情，信諾的女人

滿生得到門生幫忙，終於昭雪出獄。歸家後，知道細侯已經嫁給了富商，心中十分酸楚，便託街上賣豆漿的老太太傳信給細侯……

滿生是個一板一眼的正人君子，平時以教書爲生，從來沒有過綺思異想。有一天下午，他偶爾漫步街頭，經過一棟房子，忽然有荔枝殼打在他肩頭，他覺得奇怪，就抬頭看了看，只見一個年輕的少婦憑窗而立，看他抬頭就笑了笑，然後走入屋中。

滿生看了她的笑容，不知不覺地被她吸引，就向別人打聽這是什麼地方。原來這是一戶妓女院，剛才朝他丟荔枝的便是名爲賈細侯的名妓。滿生一聽嚇壞了，心想這可有違自己平日言行，立刻快步歸家。但是不知道爲什麼，自己的心思老是集中不起來，彷彿細侯的音容笑貌盤踞在腦中，讓他再也無暇思考諸子百家、之乎者也了。

過了輾轉難眠的一個夜晚，第二天滿生還是往那條街上走去，投上自己的名片，與賈細侯相見了。兩人言笑甚歡，滿生心中充滿了從來沒有過的滿足感。於是他向朋友借了一些錢，終於向細侯投降了。

他帶著錢交給賈母，換取了細侯的一夜之歡。滿生才華滿腹，立刻心血來潮，在枕上就題了一首詩：

「膏膩銅盤夜未央，牀頭小語麝蘭香。新鬟明日重妝鳳，無復行雲夢楚王。」

細侯聽了詩句，便蹙眉不展地說：

「我雖然出身汙賤，但總是一心向上，希望能找到志同道合的人廝守終生。你既然尚未娶妻，你看我適不適當你的妻子呢？」

滿生聽了欣喜莫名，立刻相互約定了終生。細侯也很開心，問他：

「吟詩弄月這類事我想不太難，有時看看沒什麼人時，我也會吟個幾句，就怕被人聽了笑話。等以後我們在一起了，你再來教我。」

細侯表完心意，又問滿生家田產有多少。滿生回答說：

「薄田五十畝，破屋幾棟。」

細侯便幫他計算：

「我跟著你之後呢，兩人要常常守在一塊，你就不用再到外面去設教席收學生了。我們拿四十畝來種稻，十畝來種桑，再織個五匹絹，納稅就足夠了。咱們倆閉門相對，公子讀書，妾織布，再吟詩飲酒作樂，就算千戶侯的大官也比不上我們哪！」

滿生便問細侯的身價是多少。細侯告訴他：

「如果照賈母的要求，哪有滿足得了的時候？我看差不多二百金夠了。可恨我年紀還輕，不知道金錢的重要，每得到什麼錢財都交給了母親，自己存下來的沒多少。你只要能籌個一百金，其他的就不要擔心了。」

滿生搖搖頭對她說：

「我只是個窮書生，妳知道得很清楚。就算是一百金也拿不出來。不過我有個好朋友在南邊做縣長，他常常找我去幫忙，我都因爲路太遠，不想去找他。現在爲了妳的緣故，我也只好去找他幫忙。最多三、四個月，我就能帶錢回來了，希望妳能耐心相候。」

滿生便放棄了手邊的教學工作，到南邊去找老友幫忙。誰知到了那裡才發現朋友早已被罷官，屈居在民舍之中，囊空如洗，更不可能幫助他了。滿生落魄不已，更無臉見細侯，只好在當地又設教席收學生。如此這般過了三年，還是籌不成百金，回不了家。

有一天，滿生教書的時候，偶爾責打了一個學生，學生想不開就跳水死了。學生的家長傷心孩子早逝，就去告官。滿生因而被抓起來，關在獄中。幸而其他的學生知道滿生無過，時常帶些禮物來看他，才算沒吃太多苦。

至於細侯在滿生走後，果然閉門不接一客。賈母問她怎麼回事，她據實以告，賈母也拿她沒有辦法。當時有一個富商仰慕細侯名聲，便託賈母作媒，勢在必得。他先是在南邊做買賣，聽說了滿生的事，便花錢買通了獄卒，讓滿生不得出獄。然後他回到賈母身邊，告訴她滿生已在獄中餓死了。

細侯懷疑這個消息不正確，賈母就勸她：

「無論滿生是活還是死，與其跟個窮鬼穿破衣吃爛飯，還不如穿金戴銀吃山珍海味，是不是？」

細侯卻聽不進去，堅持說：

「滿生雖然窮，却是個品德淸高的人。跟著齷齪的商人絕不是我的願望。而且馬路消息，哪能相信呀！」

富商聽了細侯的消息，便又拜託南邊的商界朋友假造了一封滿生的絕命書寄給細侯，以絕其想望。細侯收到那封信之後，每天哭個不停。賈母就罵她：

「我從小辛辛苦苦把妳帶大，妳才成人三年，還沒報答我多少，現在又鬧出這檔事來。妳又不想賺錢，又不想嫁，到底我要怎麼謀生呀？」

細侯不得已，只好下嫁富商。富商每日提供珍饈美食，衣服簪珥，以求她歡心。於是過了一年多，細侯便爲富商生了一個兒子，但是她內心依然痛苦，看到孩子那張神似富商的臉孔就覺得噁心。

過了沒多久，滿生得到有力的門生幫忙，終於昭雪出獄。出來之後，滿生才明白是富商搞的鬼，只是左思右想，找不出理由來。等學生們湊了錢，讓滿生歸家之後，他才知道細侯已經嫁給了富商。

滿生心中十分酸楚，便託街上賣豆漿的老太太傳信給細侯，告訴她別後的種種。細侯看完信之後，才明白原來都是丈夫搞的陰謀，她內心的苦悶到達了極點，終日想著復仇之計。

有一天，趁富商出門之時，細侯便先殺了懷中的孩子，再把自己的東西收一收，走出了深似海的侯門，向滿生奔去。至於富商所給她的東西，她一樣也沒有拿，因爲她只有一顆心，而那顆心早在幾年前的一個下午，就交給了滿生。

【之十五】

遇人不淑，銜恨以盡，悲情的女人

竇氏

南三復迎娶新人進門了，嫁妝豐盛、新人娟好，一切都如理想，但新娘愛哭，每天都垮著臉，躺在床上也淚流不止，問原因也不說。

過幾天，親家母哭著來了，見到新婦駭然說道：「我女兒已經吊死在後園的桃樹上了，現在房中這人是誰呀？」……

清脆的馬蹄聲敲醒了蜷臥在農舍邊的黃狗，只見牠跳起身來汪汪胡亂喊了好一陣子。

屋外正下著綿綿細雨，山野中一片迷濛，不該是會有客人來的時候，却出現了一個不速之客。那是遠近馳名的南山莊的男主人，南三復，因爲騎馬途中遇雨，剛好來到這個小村，便隨意走進了一座農舍。

農舍只有一間小小的廳堂，南三復走進之後，主人卑躬曲膝忙著打掃清潔，請貴客坐。又用新釀的蜂蜜爲南三復泡茶。南三復叫他坐下來，不必忙了，他才恭恭敬敬地坐在一角。南三復問他：

「老先生，請問大名？」

「不敢，小的姓竇，小名廷章。」

「你這兒倒挺好，視野開闊，剛好可以看到我家別墅。怎麼以前我騎馬過來時沒見著？」

「大人事忙，寒舍委實見不得人，更不敢恭請大人光臨。」

兩人正閒話著，竇夫人進來上酒菜，還特別殺了一隻雞請貴客吃。一位十五六歲的少女幫忙端菜，稍稍讓南三復見到了大半身，只覺得她體態輕盈，神情端妙，心中不禁一動。

大雨過後，南三復便告辭而歸。回到家中卻依然戀戀不忘那少女的身影。

過了一天，南三復實在不能忍耐了，便準備了些禮物送到竇家，順便看看有沒有機會親近佳人。那一次只是禮貌性的過往，南三復沒有很多的機會，但他找到了很好的理由，可以再去一次。於是一而再，再而三，南三復總能藉口到別墅一趟，順便來竇家走一走，有時還帶著酒菜讓竇老頭和他喝上一盅。

過了不久，竇家上下全和他打成一片，竇家女兒也對他不再避諱，甚至在他面前跑來跑去也無所謂了。南三復只要看到她出現，就雙眼直勾勾地瞪著她，一步也不放鬆。她心中明白，卻不作聲，只低著頭笑，南三復看了心都快跳出來了。

自從兩人有了似有若無的默契之後，南三復到竇家的時數更勤了。幾乎是每隔二三天便看到他的身影，連門口那隻老黃狗看到他也懶得叫一聲了。

有一天，南三復又來了，剛好竇老頭出門去了，南三復便坐在小廳堂中等他。等了大半天，竇老頭還是沒回來，竇家女兒覺得不好意思，便出來招呼他。南三復終於等到了機會，趁她端茶時捉住她的手臂說：

「竇娥，妳知道我有多想妳嗎？」

「不知道。」

「眞的不知道，還是假的不知道。」

「眞的不知道。」她說著自己就偷偷笑了起來。

南三復接受到她笑聲的鼓勵，便順勢雙手環抱住她，對她輕聲耳語：

「答應我好嗎？我沒日沒夜地想妳，根本就活不了了。」

「騙人！」

「眞的！我發誓，一天沒有竇娥就活不了。」

南三復趁她聽話時便親了她一下。竇娥整張臉羞紅了，立刻閃開來。她的理智也回來了，立刻嚴厲地說：

「我雖然是貧家女，却還沒有到要賣身的地步。你不要以爲你是大富人家公子哥兒，就可以爲所欲爲。」

南三復心急了，立刻向她下跪說：

「南三復在此指天發誓，終生效忠竇娥，絕不敢有二心！」

竇娥聽了臉色才緩和一點，但她還是不太相信南三復，便要求他：

「如果我跟了你，你就不可以跟別的女人再有瓜葛。」

南三復回道：

「怎麼可能，我心中只有妳！」

「你發誓，如果我跟了你，你絕不會再娶其他女人！」

「我發誓，我發一百個誓都可以，南三復有了竇娥，絕不再娶！」

竇娥看他千誓萬誓，眞有心的模樣，而且自己心中早已對他默許終生，便在當日把自己的身體獻給了南三復。

從此以後，南三復只要等到竇父出門，便趕來繾綣。竇娥經常催促他說：

「偷雞摸狗的事絕不能長久，你對我家那麼好，如果告訴父母要娶我回家，他們一定會答應而且引以爲榮的，你要趕快行動啊！」

南三復也口口聲聲答應了。但是等激情過後，他回到家一想，又覺得農家女那堪匹配南家顯赫的背景，於是訂親之念便煙消雲散。

過了不久，一位媒人到了南家來說媒。南三復起先還很躊躇，後來一聽對方貌美財豐，加上竇娥懷孕，變得脾氣暴躁，而且臃腫難看，他就下了決定，要迎娶這位大家之女。

竇娥每天呆在家中，心急如焚，日日期盼著南三復帶來婚訊，卻每一天都失望。最後她只求盼南三復出現，能讓她看一眼，她就滿意了，但日出日落，換來的只有深沈的悔恨。

終於到了生產那一天，竇父非常驚訝地接過猶帶血絲的男嬰，才知道自己被騙了多久。他憤怒地鞭打剛生產完畢，十分虛弱的女兒。女兒慘叫著告訴他實情，同時強調：

「南公子馬上就要來娶我了！」

竇父放過女兒，請人向南三復求證此事。南三復只一臉無辜地說：

「沒有，沒有，哪有這回事？我一個堂堂南家大公子，怎麼會去沾染那種農家女，你大概聽錯了吧？」

鄰人回來報告此事，竇父憂心忡忡，便先把男嬰丟在野地的草叢中，又回頭責打女兒。

竇娥受不了，便偷偷拜託隔壁的婦人，要她私下到南山莊去向南三復說明狀況。婦人去見了南三復，南三復只低頭沈吟了一陣子，然後說：

「好，我知道了，妳去吧！」

竇娥煎熬在痛苦之中，兒子不知去向，父親只有責打，情人毫無音訊，抱著病體，她決定親自一探究竟。

半夜時分，竇娥出了家門，先在幽黑的草叢中找了一陣子，然後聽到有嬰兒般小小聲的哭啼，便朝那個方向走去，終於摸到一團潮濕的肉體，正是她的親生兒。

悲傷的竇娥抱著新生的兒子，帶著一絲絲微小的希望連走帶爬地來到了南山莊。她敲了敲門，沒人應聲，她又敲，還是一樣。她哭了，聲音嘶啞奇異，然後門開了，一個僕人出來問她要做什麼，看到她一身血淚也嚇壞了。

竇娥伸出手中抱的嬰兒，哭著說：

「我只要得到你家主人的一句話，我就活了。他就算不念我，難道也不管他的兒了嗎？」

僕人趕忙向主人報告門口那個女人所說的話。南三復只伸出食指放在口邊說：

「噓！不要張聲，那個女人是個瘋婆子，不要理她。不准她踏進家門，把她趕走！」

僕人走回門口，一邊動手關門，一邊說：

「滾！滾！滾！瘋婆子別半夜吵人不能睡！」

竇娥鬥不過他，只能倚著門哭泣，哭得血都流出來了，卻哭不回她的愛情與青春。到了五更之後，她的哭聲停了，好像世界也中止了。

第二天早晨，僕人打開門，看到竇娥抱著孩子僵死在那兒。

竇父知道女兒的死訊，非常憤怒，便向官府提出告訴。南三復立刻花錢買通了官府，得以免罪。

陽間的事行不通，只好陰間來。一天，大富人家的母親夢見一名女子抱著兒子，披頭散髮地對她說：

「千萬不可把女兒許配給南三復，如果許配了，我一定會殺了她！」

富家女的母親醒來，覺得不過是場夢，不需要太在意，何況南家財大勢大，女兒不嫁此人更嫁何人？於是反而更急著催促婚事。

南三復迎娶新人進門了，一切都如理想，嫁妝豐盛、新人娟好，沒什麼不對。唯一有問題的是新娘很愛哭，每天都垮著一張臉，躺在床上也是淚流不止，問她爲什麼她也不說。

過了幾天，親家母來了，一進門就哭。南三復還沒來得及問怎麼回事，親家母就衝入房中，見到新婦便駭然地說：

「我剛才在後園見到我女兒吊死在桃樹上，現在房中這個人是誰呀？」新婦聞言臉色一變，倒地而死，仔細一看，竟然是竇娥。

南三復忙趕往後園，果然看到新婦自殺身亡。南三復嚇得六神無主，只好派人給竇家報信。竇老頭打開女兒的墳墓，果然屍體不見了。這下前仇舊恨一併發作，竇父又去告官，官府以案情詭異，不敢判決。南家又送了很多錢給竇家及官府，案子才算暫時擺平。

從此之後，南家家世消滅，財富也衰退了些。而且因爲這件靈異之事，再也沒有人敢將女兒許配給他。南三復不得已，便向百里之外求親，而取得曹進士承諾，願將女兒許配給他。

南三復還沒來得及成婚，正好民間盛傳朝廷將選良家女入宮作宮女。許多尚未嫁女的家庭趕忙把女兒送往夫家，以免被選入宮中。一天，有一位婦人領了一輛轎子來說：

「我是曹家派來送女兒的。選嬪之事甚急，倉卒間不能行禮，暫且先送女兒過來。」

婦人把新娘扶入室中，南三復問她：

「爲什麼沒有陪送的賓客？」

「有，有，嫁妝就跟在後頭，一會兒便來了。」

婦人匆匆走了，南三復看新婦風致動人，十分美麗，便也忘懷了此事。南三復與新婦親暱調笑，突然覺得她舉手投足之間神情類似竇娥，心中不免噁心，只是不敢說出口，但興致已經減消大半。

全身赤裸的新婦見他離床，便拉起床單蓋住臉，似乎有些害羞的樣子，南三復也不以爲意。等過了午夜，曹家親人還不見人影，南三復才懷疑，打算問清楚怎麼回事。結果他把被子拉開來，床上躺的竟是一具早已冰涼的女屍。

南三復立刻派人去曹家報信，曹家卻表示並無送女之事。一時之間大家都慌了手脚。

而離南山莊不遠的姚家莊這時却發生了大事。昨天晚上才新葬的女兒，今天發現被人盜墓，屍體已不見了。姚家正在向多方打聽時，正好聽到南山莊的怪事，於是前來查看。到了南山莊，打開被單一看，竟是身體全裸的女兒，不禁大怒，一狀告到官府。那個曾經風流倜儻，後來却屢次與女屍做愛的男人，終於被愛情宣判了死刑。

國家圖書館出版品預行編目資料

千女遊魂：《聊齋》中15位女子對愛情的執著 / 朱衣作. -- 初版. -- 臺北市：大塊文化，1997［民86］

面；　公分. -- (catch；5)

ISBN 957-8468-20-2（平裝）

857.63　　86007905